Rüdiger Schneider

Kein Sport für Pianisten

Novelle

Rüdiger Schneider

Kein Sport für Pianisten

Novelle

Bibliografische Information der Deutschen Nationalbibliothek: Die Deutsche Nationalbibliothek verzeichnet diese Publikation in der Deutschen Nationalbibliografie; detaillierte bibliografische Daten sind im Internet über http://dnb.d-nb.de abrufbar.

Herstellung und Verlag: BoD - Books on Demand, Norderstedt

ISBN: 9783750421462

1

Adrian Taufenbach war 30 geworden. Mit sieben Jahren konnte er schon Klavier spielen und hatte bald keine Mühe mit den Etüden Chopins oder mit den Nocturnes. Freilich mangelte es wegen seines jungen Alters noch an der Einfühlung und Modulation. Die Pedale bediente er wie ein Fußballer, aber die Fingerfertigkeit seiner über die Tasten eilenden Hände war bewundernswert. Die Hände waren fein und schmal, die Handgelenke geschmeidig.

Adrians Vater veranlasste das zu den größten Hoffnungen und er sah sein Haus schon mit einem Wunderknaben beschenkt, so wie es einst in Salzburg dem Leopold Mozart mit seinem Sohn geschehen war. Aber so sehr der Vater auch drängte, Adrian weigerte sich, an irgendwelchen öffentlichen Auftritten teilzunehmen. Die Mutter hielt schützend ihre Hand über ihn und sagte: „Lass den Jungen doch! Er wird schon wissen warum." Adrian spielte fleißig weiter, hatte bald auch keine Schwierigkeiten mit den kompliziertesten Arpeggien, Akkorden und Kadenzen. Die Noten las er fließend vom Blatt, komponierte auch selbst und beherrschte auch das Impromptu, das Spielen aus dem Stegreif. Jeden Tag war das Taufenbachsche Haus von Musik erfüllt.

„Warum geht er nicht auf ein Konservatorium?" monierte der Vater.

„Weil er weiter bei uns wohnen will", verteidigte ihn die Mutter. „Bonn hat keins."

„Wie? Bonn hat keins. Ist doch die Stadt Beethovens."

„Die haben nur eine Musikschule. Adrian ist kein Schüler mehr. Es reicht doch, wenn er hier zur Universität geht und Musik mit einem Abschluss studiert. Er will halt nicht durch die Welt gondeln und Konzerte geben."

„Er müsste eigentlich nach Weimar oder Berlin oder auch ins Ausland. Statt dessen hockt er immer noch bei uns, liegt uns auf der Tasche. Ich war da ganz anders, konnte nicht früh genug aus dem Elternhaus. Eine Freundin hat er auch nicht. Ich mache mir Sorgen."

„Ach, das kommt noch", meinte die Mutter. „Besser spät richtig gewählt als zu früh falsch."

„Du klammerst dich an ihn, statt ihn aus dem Nest zu werfen."

„Ach was! Ich respektiere nur, was er will. Er ist zufrieden, wenn er hier im Haus spielen kann."

„Das ist zu wenig, viel zu wenig. Aber ich kann ihn ja nicht zu einem Auftritt schleifen. Da kann ich nur noch resignieren. Das ist vergeudetes Talent."

Mit dem Studium der Musik ließ sich Adrian Taufenbach Zeit. Was er da machte an der Bonner Universität, war eigentlich überflüssig. Wozu die Erforschung, Analyse und Reflexion von Musik? Wozu die Befähigung, musikalische Phänomene wahrzunehmen, zu beschreiben und kritisch in die kulturellen, sozialen, historischen und medialen Bedingungen der Zeit einzuordnen? Adrian war als Pianist selbst ein Phänomen. Er gehörte eher auf ein Konservatorium. Etwa auf die Hochschule für Musik ‚Franz Liszt' in Weimar, auf die Robert Schumann Hochschule in Düsseldorf oder die Barenboim-Said-Akademie in Berlin. Aber aus irgendeinem Grund weigerte er sich, das Elternhaus zu verlassen und sich in einer anderen Stadt ein Zimmer zu nehmen.

Eine andere Merkwürdigkeit war, dass er nahezu ausschließlich Chopin spielte. Wilde, von Emotionen aufgewühlte Polonaisen gehörten zu seinem Repertoire ebenso wie verträumt romantische Nocturnes. Ansonsten schien er ein normaler junger Mann zu sein, traf sich mit Freunden in der Kneipe, spielte Fußball, ging schwimmen, war sportlich. Nur Amor war anscheinend an ihm vorbeigegangen. Ein besonderes Interesse sei hier aber nicht verschwiegen. Er las viel. Aber auch hier mit einer seltsamen Ausschließlichkeit. Es waren vor allem buddhistische Werke aus Tibet. Was das Reisen ins Ausland betraf, war da nicht viel aufzuzählen. Paris, Mallorca, London, Glasgow. Das wars. Es waren Aufenthalte gewesen von nur einer Woche. Auf Mallorca waren es sogar nur drei Tage, weil ihn eine merkwürdige Missstimmung ergriffen hatte. Bei einem Besuch des Dorfes Valldemossa hatte sich das verstärkt.

Durch das ausschließliche Spielen der Stücke Frédéric Chopins hatte sich bei Adrian auch der Einsatz des Pedals zur Perfektion entwickelt. Denn keiner hatte in der Klaviergeschichte dem Pedalgebrauch so viel Aufmerksamkeit gewidmet wie Chopin, für den das Pedal ein wesentliches Element einer harmonischen und taktbezogenen Klanggestaltung war.

Wenn wir sagen, Adrian spielte ausschließlich Chopin, so stimmt das im Wesentlichen. Aber es gab eine Ausnahme. Das war Robert Schumanns Klavierkonzert in a-Moll. Das Motiv einer sich aufschwingenden romantischen Sehnsucht beherrschte Adrian in der Modulation perfekt.

2

Manchmal machten sich die Freunde über ihn lustig. „Immer noch nicht? Auf wen wartest du? Auf Kate Winslet?" Sie wussten, dass sich Adrian gerne Filme mit der englischen Schauspielerin ansah. „Du musst dich bewegen! Sprich doch mal eine Frau hier an! Fordere sie zu einer Runde Pool Billard heraus!" Solche Ratschläge hörte er sich in einem Bonner Guiness-Pub an, im James Joyce, wo sich die Freunde öfter trafen. Adrian schüttelte den Kopf, nahm den Ratschlag mit Gleichmut auf.

„Wartest du, bis jemand an deiner Tür klingelt?" Er antwortete nicht darauf, schwieg.

War er nicht in der Runde dabei, rätselten die Freunde über die Gründe.

„Wahrscheinlich hat er Angst. Sein Piano ist ihm sicherer. Das beherrscht er". - „Vielleicht ist er vom anderen Ufer und wir wissen es noch nicht. Er will sich das nicht eingestehen." – „Vielleicht ist er bindungsunfähig. Aber dann könnte er doch wenigstens ein paar Affären haben." – „Vielleicht wartet er auf etwas ganz Exklusives. Aber da kann er lange warten."

War Adrian nicht dabei in der Runde, lieferte er ein bevorzugtes Gesprächsthema. „Den erwischt es noch", meinte einmal einer. „Ein Weib hat mehr Zugkraft als zehn Pferde."

Von allen Vermutungen über ihn mochte noch die über die Angst am ehesten zutreffen. Denn wiederholt träumte er davon, durch die Fluchten eines riesigen Klosters zu laufen, den Ausgang nicht zu finden, bis plötzlich am Ende eines Ganges eine Frau mit einem Hut auftauchte und ihm einen Degen ins Herz stieß. Erwachte er aus dem Traum, fühlte er sich matt, zerschlagen. Das Herz schlug wie wild und hatte die nächtlichen Bilder ernst genommen.

Adrian grübelte über den Traum und seine Wiederkehr, bis es ihm mehr und mehr zur Gewissheit wurde, dass dieser Traum mit Chopin zu tun hatte. Ja, er ging sogar so weit, dass er eine Wiedergeburt für möglich hielt. Dass es so etwas in Tibet gab und nicht nur da, bezweifelte er nicht.

3

Seltsamerweise erst jetzt, so als habe er das immer gescheut, befasste er sich mit der Biographie Chopins und stellte fest, dass das Kloster, von dem er geträumt hatte, auf Mallorca in Valldemossa war. Dort hatte die Zigarren rauchende Dame mit dem Hut, George Sand, mit ihm eine Zeit lang gewohnt. !838 war das gewesen. Und jetzt erinnerte sich Adrian auch daran, einmal von einer sargähnlichen Zelle geträumt zu haben. Das Deckengewölbe war verstaubt. Durch ein kleines Fenster sah man draußen Apfelsinen, Zypressen, Palmen. Das war die Arbeitszelle Chopins auf Mallorca gewesen.

Adrian befasste sich nun auch näher mit George Sand, die eigentlich Lucie Aurore Dupin hieß. Eine schillernde Persönlichkeit, leicht entflammbar, die manchen Mann in den Wahnsinn getrieben hatte. Hatte sie auch Chopin mit ihrem „Adieu mon ami!" den Todesstoß versetzt?

Die Dame war klug, sehr klug und sehr fleißig. 180 Bücher hatte sie geschrieben, 40 000 Briefe. Hat Chopin das nicht ertragen können? Hat er sich beklagt wie einmal der Schriftsteller Alfred de Musset, mit dem sie eine leidenschaftliche Affäre hatte?

„Ich habe den ganzen Tag gearbeitet. Am Abend hatte ich zehn Verse gemacht und eine Flasche Schnaps getrunken; sie hatte einen Liter Milch getrunken und ein halbes Buch geschrieben."

Adrian dachte, dass er vor solchen Geschöpfen auf der Hut sein müsste.

Aber er fühlte sich in einem Dilemma. Die Frauen, die er beiläufig und oberflächlich kennenlernte und die ein etwas einfacheres Gemüt hatten, reizten ihn nicht. Die Kategorie der Klugheit, des hohen beredten Intellekts ängstigte ihn. Die Sand verhielt sich nach seinem Empfinden wie ein Mann. Sie rauchte, trug Hut und Hosen und nahm sich jede Freiheit heraus.

4

Und dann stieß Adrian auf das Buch eines kanadischen Psychologen, das den bezeichnenden Titel trug ‚Die Flucht vor dem Weib'. Darin stand über George Sand:

„Dieses Element, den Mann zu nehmen, um ihn ausschließlich für sich zu besitzen – mit dem Anschein exklusiven Besitzerrechts, mit einem unbewussten Verlangen, ihn zu schwächen, mit einer Ambivalenz, die wahre Liebe ausschließt – ist unverkennbar im Leben George Sand. Man bemitleidet diese armen Teufel, wenn man sieht, wie sie von dieser Frau aus der vertrauten, schützenden Umgebung weggeholt und in einen entlegenen, im Zweifelsfalle ungesunden Platz gebracht werden. Die ganze Mallorca-Episode mit Chopin ist unheimlich."

Er las in dem Buch auch ein Briefzitat von George Sand:

„Ich weiß, gar manche klagen mich an. Die einen, ich habe Frédéric durch das Ungestüm meiner Sinne erschöpft, die andern, ich habe ihn durch meine mutwilligen Streiche zur Verzweiflung gebracht. Er wiederum beklagt sich bei mir, ich habe ihn getötet."

Nein, ein armer Teufel wollte Adrian auf keinen Fall sein. Und so hielt er es für klüger, den Frauen, die ihn eventuell hätten reizen können, aus dem Weg zu gehen. Da saß er lieber am Klavier und spielte Chopin. Aber ganz so einfach war das mit seiner Ängstlichkeit, seinem Warten, seiner ‚Flucht vor dem Weib' nicht. Denn Adrian bewunderte, was man so allgemein als ‚starke Frau' bezeichnete. Wenn eine Frau den Mount Everest bestiegen hatte, alleine um die Welt gefahren war, alleine zum Südpol ging. Wenn sie eine B 747 fliegen konnte, ein kluges Buch geschrieben hatte, wie Paganini mit der Geige umging oder sich als weltberühmte Pianistin nebenbei ein Rudel Wölfe hielt. Im ‚James Joyce' hätte er manche Gelegenheit gehabt, mit solch einer Frau oder wenigstens einer ähnlichen in ein erstes Gespräch zu kommen. Aber er tat es nicht. Außer seinen Bedenken, seiner

Ängstlichkeit schien noch etwas anderes im Spiel zu sein, das sein Abwarten erklären würde. Eine übermäßige Bindung an die Mutter, ein verschleppter Ödipuskomplex war es nicht. Er fand es höchstens als bequem, dass sie für ihn kochte, die Wäsche wusch. Dass sie ihn vor den Forderungen des Vaters in Schutz genommen hatte, rechnete er ihr hoch an. Aber mehr war da nicht. Der Schutz war auch nicht mehr nötig, da Adrians Vater resigniert hatte und weitgehend schweigend dem Schauspiel zusah.

Dass er wegen Überziehung der Studienzeit exmatrikuliert war und keinen Abschluss vorweisen konnte, hatte Adrian den Eltern nicht erzählt. Um den Anschein zu wahren ging er täglich für ein paar Stunden aus dem Haus. Er wanderte den Rhein entlang, trank Kaffee am Marktplatz oder besuchte die Museumsmeile und das Rheinische Landesmuseum. Manchmal fuhr er auch nach Köln, ging in das Wallraf-Richartz-Museum, verweilte lange immer vor demselben Bild. Es war Gauguins ‚Mädchen mit Mangoblüte'.

Dem Ratschlag der Freunde „Du musst dich bewegen" folgte er also. War er unterwegs, so hatte er eine merkwürdige

Angewohnheit, die man auch einen Spleen, eine seltsame Schrulle nennen konnte. Er beobachtete, so unauffällig es ging, Frauen. Dabei achtete er weniger auf die Figur, starrte nicht auf Brüste oder sonst wohin, sondern sein Blick widmete sich dem Mund und hier besonders der unteren Lippe. Es schien, als suche er eine Kandidatin für ein spätes Glück. Aber so sehr er auch beobachtete, es geschah nichts. Ohne eine Frau angesprochen und einen ersten Kontakt geknüpft zu haben, kehrte er nach Hause zurück. Dabei wäre es gerade bei den Museumsbesuchen leicht gewesen, eine Frau anzusprechen.

„Haben Sie schon diese wunderbare Madonna gesehen aus dem 13. Jahrhundert?" oder „Ach ja, der arme Gauguin! Da musste er früher um Farbe und Pinsel betteln und heute sind seine Bilder Millionen wert. Ist das nicht merkwürdig?"

Aber er sagte nie nur ein Wort, startete nicht den leisesten Versuch.

5

Er wusste nicht, was er von George Sand halten sollte. Wie widersprüchlich doch alles war! Denn nach der Lektüre ‚Die Flucht vor dem Weib' las er ihre Autobiographie. „Freunde des Skandals" stand in der Vorbemerkung „schließt mein Buch bei der ersten Seite!" Was erwarten ließ, dass nichts Skandalöses darin vorkam. Sie hatte es ausgelassen. Konnte man einer Autobiographie glauben? War es nicht eher so, dass man darin beschönigte und verschwieg, nur eine Seite der Medaille betrachtete und die andere liegen ließ? Goethe hatte seine Autobiografie immerhin noch ‚Dichtung und Wahrheit' genannt und schließlich aufgehört, sie weiter zu schreiben. Stimmte es, was George Sand über ihre Beziehung zu Chopin schrieb?

„Chopin, dessen Genie und Charakter ich zärtlich liebte."

„Mein Herz war reich an Zärtlichkeit."

„Lieben oder sterben!"

Leicht war es für sie mit Chopin anscheinend nicht gewesen:

„Seine bewegliche Seele schwankte von einer Leidenschaft zur andern. Er war im

Stande, sich an demselben Abend in drei Frauen zu verlieben, und wenn er einsam nach Hause ging, dachte er an keine derselben mehr."

Das würde Adrian nicht passieren können. Noch nicht einmal bei einer. Oder vielleicht doch? Aber da tat sich nichts. Amor streute seine Pfeile anderswo. Am Taufenbachschen Haus ging er vorbei.

6

Die Geschichte mit der Wiedergeburt beunruhigte Adrian, riss ihn aus den ruhigen Gewohnheiten, die er sich zugelegt hatte. Hatte er sich die zugelegt oder hatte er die von früher mitgenommen wie einen Keim, wie ein Samenkorn? Man konnte sich ja wundern darüber, wie unscheinbar ein Samenkorn, etwa von einer Sonnenblume, aussah und was daraus wurde, steckte man es in die Erde und ließ es sich entwickeln. Dann wuchs aus diesem Korn eine meterhohe schöne Blume, die ihren Kopf nach dem Lauf der Sonne richtete. Diese Entwicklung war in einem winzigen Gebilde so angelegt und auch festgelegt. Bei einem Samenkorn war das so. Aus dem von einer Sonnenblume wurde eben eine Sonnenblume. Aus dem von einer Tulpe eine Tulpe und nichts anderes.

Und beim Menschen? Gewiss, der hatte einen höheren Grad von Freiheit. Es konnte so oder so laufen. Er konnte sich für einen Bankraub entscheiden oder Mutter Theresa werden. Er konnte ein von Leidenschaften getriebener Lüstling sein oder als frommer Eremit in einer bescheidenen Klause beten und gute Taten vollbringen. Wie entschied sich das? War das etwa durch Gene festgelegt, durch die Umwelt beeinflusst oder gab es Wille, Einsicht und Entscheidungsfreiheit? War die Stellung des Menschen in einem rätselhaften Universum eine ganz besondere? Hatte man in dem einen Leben Fehler gemacht, bekam man dann eine zweite Chance, diese korrigieren zu können? Sagte sich ein Gott „Oh, bei dem oder der ist etwas schiefgelaufen, aber ich sehe Möglichkeiten. Geben wir ihm oder ihr eine zweite Chance!" So ungefähr wie in der Schule. Man konnte sitzenbleiben und das Jahr wiederholen. Oder es hieß: „Ein hoffnungsloser Fall. Abgang!"

Was war bei Chopin schiefgelaufen? Beim Klavierspielen sicher nichts. In der Liebe einiges. Wie konnte das sein, dass er, so wie die Sand es beschrieben hatte, sich an einem Abend in drei Frauen verliebte und sie dann auf dem Heimweg wieder vergaß? Hätte er auf dem Weg nach Hause nicht eher darüber grübeln müssen, für welche er sich entscheiden sollte? Oder darüber nachdenken, wie er alle Drei überreden konnte, mit ihm zusammen zu leben? Aber er vergaß es einfach. Wie ging das und warum? Was war das für ein seltsamer Defekt? Hatte er sich überlegt: „Ich spiele lieber Klavier, gebe mich der Musik hin. Beim Klavier weiß ich, was ich habe. Frauen sind widerspenstig, undurchschaubar. Die Tasten aber gehorchen mir. Drücke ich eine Taste, weiß ich genau, was kommt. Umarme ich eine Frau, weiß ich nicht, was daraus wird."?

So mochte es gewesen sein. Chopin suchte die Verlässlichkeit und scheute das Risiko. Und mit der Sand hatte er sich wider Willen ein Exemplar ausgesucht, das besonders unkalkulierbar war. Wider Willen? Ja, das schien zu stimmen. Denn am Anfang wollte er gar nicht. So ging es aus einem Brief an einen Freund hervor.

Da hatte ihm die Femme fatale bei der ersten Begegnung „überhaupt nicht gefallen. Es ist an ihr sogar etwas, was mich abstößt." Aber sie hatte so lange um ihn geworben, bis er einsah, dass er sich nicht nur am Klavier zu erwärmen hatte. Die Sand mochte das nicht, wenn ihr jemand widerstand, sich sträubte. Nach ihrem „Adieu, mon ami!" war er, was die Liebe betraf, erledigt. Da gab es für ihn keine anderen Frauen mehr, auch wenn es wie im Fall der Miss Stirling, die ihn liebte, möglich gewesen wäre. Eine wunderschöne, warmherzige Frau. Aber er wollte nicht, schrieb in einem Brief:

„Freundschaft ja, habe ich ausdrücklich gesagt, aber ich gebe nicht das Recht zu etwas anderem. Ich denke also überhaupt nicht an eine Frau, sondern an Zuhause, an meine Mutter, an die Schwestern."

In den Londoner Salons umlagerten die Ladies sein Klavier. Aber er stöhnte nur:

„Was soll man da tun? Es scheint mir, dass alle diese Geschöpfe nicht ganz richtig im Kopf sind."

Adrian überlegte, ob es, außer virtuos Klavier zu spielen, Parallelen zu ihm selbst gab. So hatte die Sand in ihrer Biographie einmal zu Chopin bemerkt:

„Er war im höchsten Grade Gewohn-heitsmensch und jede Veränderung, so klein sie auch sein mochte, war ein fürchterliches Ereignis in seinem Leben."

Gewohnheitsmensch war er, Adrian, auch. Nach dem Rauswurf aus der Uni immer dieselbe Strecke den Rhein entlang. Immer dieselben Museen. Immer dasselbe Café am Markt, immer dieselbe Kneipe ‚James Joyce'. Von Geburt an dasselbe Zuhause. Um halb acht gab es Frühstück, um Eins hatte die Mutter für ihn gekocht, um Sechs kam das Abendessen.

Eine weitere Parallele zu Chopin war diese Scheu, Unlust, ja geradezu Angst, vor unbekanntem Publikum öffentlich aufzutreten. Niemand aus der Garde der Pianisten hatte so wenige Auftritte gehabt wie Chopin. Was er an Vorstellungen im ganzen Leben gegeben hatte, war bei den anderen in einem halben Jahr erledigt. Chopin hielt sich lieber im kleinen Kreis auf, in den Salons, wo er die Menschen kannte.

Adrian scheute, wie auch Chopin, das Risiko. Aber diese Eigenschaft konnte er vom Vater geerbt haben. Der rechnete mit einem Stromausfall, verursacht entweder durch heftige Sonneneruptionen oder durch Hackerangriffe. In der digitalen Welt war ja alles durch Computer gesteuert. Vater Taufenbach hatte einen ganzen Kellerraum mit haltbaren Lebensmitteln gefüllt. In dem Raum gab es auch einen Gaskocher, eine Gasflasche, einen Wassertank, der tausend Liter fasste und eine ganze Kiste mit Kerzen. Außerdem hatte er sich ein Notkochbuch bestellt, das vom Bundesamt für Bevölkerungsschutz und Katastrophen- hilfe herausgegeben worden war. Ein ganz abwegiger Spleen schien das nicht zu sein. Wenn der Strom ausfiel, funktionierte nichts mehr. Man saß im Dunkeln und vieles mehr. Wer für seine Haustür statt Schlüssel ein elektronisches Erkennungs- system hatte, musste draußen bleiben oder in die eigene Hütte einbrechen. Die Scheu vor dem Risiko musste also nicht auf ein früheres Leben zurückgehen, sondern konnte frisch geerbt sein.

Die Sand hatte auch geschrieben, dass Chopin eine ‚liebliche Schwermut' hatte. Wenn er Regentropfen auf das Dach fallen hörte, konnten sich die bei ihm in Tränen verwandeln. Hatte er, Adrian, das auch?

Ja, sicher, es gab diese Tage, die mit einer seltsamen Traurigkeit gefüllt waren.

Aber das mochte daran liegen, dass ihm eine Frau fehlte.

7

Was die Frauen betraf, gab es bei Chopin Zurückhaltung, ja sogar Panik. Die Liebe machte ihm Angst, verstörte ihn schon in frühen Jahren. Er war im Warschauer Konservatorium Konstancja begegnet, verliebt sich, redet kein Wort mit der Angebeteten, distanziert sich, schreibt dazu:

„So ist mir denn auch gegen meinen Willen etwas durch die Augen ins Herz geraten und drückt dort, obschon ich es gern habe und liebkose, vielleicht in ganz verfehlter Weise."

Er trifft sie später in einer Kirche wieder. Was macht er? Er stürzt sofort heraus. Was er eigentlich Konstancja hätte sagen sollen, sagt er zu Hause dem Klavier.

So ähnlich war es Adrian einmal im James Joyce ergangen. Die Freunde hatten bemerkt, dass er immer wieder sehr interessiert zu einer Frau blickte, die an der Theke saß.

„Das ist Magdalena", hatten sie gesagt. „Die ist Staatssekretärin. Ein Klasseweib. Wir haben schon einmal mit ihr Pool-Billard gespielt. Wir laden sie jetzt noch einmal ein und dann bist du dabei."

Einer der Freunde ging zur Theke, sprach mit ihr. Als er mit Magdalena zum Billardtisch kam, war Adrian verschwunden. Ihn hatte offensichtlich eine Angst gepackt wie in Wagners Oper den Siegfried, als er Brünhilde erblickte.

Adrian beobachtete nur, tat aber nichts, mied den Kontakt, verweigerte das erste Wort. Müsste sich nicht gerade da etwas ändern? fragte er sich. Aber wie? Man konnte das, was man Liebe nannte, ja nicht willentlich herbeirufen, diesen merkwürdigen Blitz bestellen, der einem ins Herz und in die Seele fuhr. Auf den Rat der Freunde hören, sich bewegen? Das machte er ja. Aber es passierte nichts. Der Spruch der Sand schien zu stimmen: „Wer Liebe sucht, findet sie nicht, sie überfällt uns, wenn wir sie am wenigsten erwarten."

8

Die Taufenbachs bewohnten ein Reihenhaus in der Bonner Südstadt. Es war nichts Besonderes, nichts Repräsentatives so wie die zahlreichen stilvoll renovierten Villen, die in der Südstadt den Charme der Gründerzeit ausstrahlten und im Zeitalter der kühlen Glasfassaden etwas Anheimelndes, Nostalgisches, ja sogar Erhabenes hatten. Vater Taufenbach, der im höheren Postdienst beschäftigt war, hätte sich so etwas nicht leisten können. Die Mutter verdiente nichts mit, hielt dafür aber das Haus in angenehmer Sauberkeit und Ordnung und kümmerte sich um Sohn und Mann.

Nun geschah es, dass das Nachbarhaus frei wurde und nur eine Woche später zog dort eine ältere Frau ein mit ihrer erwachsenen Tochter. Sie hatten vorher in Frankreich gelebt, in Paris. Die Frau war Deutsche, der Mann ein französischer Diplomat, der in der Bonner Botschaft gearbeitet hatte. Aus irgendeinem Grund, worüber die Frau allerdings nie sprach, hatten sie sich getrennt. Möglich, dass die Frau, die ursprünglich aus Bonn kam,

Heimweh hatte. Möglich auch, dass es sonst einen Vorfall gab, der sie zurückkehren ließ. Jedenfalls klingelte es drei Tage nach dem Einzug bei Taufenbachs. Das war an einem Sonntag im August. Die Frau stellte sich mit ihrer Tochter, die Céline hieß, als neue Nachbarin vor. Als Céline Adrian die Hand gab, entfuhr es ihm spontan: „Oh, du hast dich verändert!" Alle sahen ihn erstaunt an.

„Ihr kennt euch schon?" wurde er gefragt.

„Nein, nein!" antwortete er verlegen und wusste keine Ausrede zu sagen. Man drängte ihn nicht weiter zu einer Erklärung. Der Vater schüttelte befremdet den Kopf, die Mutter hob kurz die Schulter. So war er eben, ihr Adrian. Künstler sagten manchmal seltsame Sachen. Wer weiß, was gerade in seinem Kopf vor sich ging. Vielleicht war er gerade in Gedanken versunken, dachte an die Variante eines Klavierstücks und hatte, gefangen in seiner eigenen Welt, gesagt: „Oh, du hast dich verändert!" Céline konnte er nicht gemeint haben.

Céline selbst legte fragend und erstaunt die Stirn in Falten, sagte aber nichts dazu.

Adrian, dem sein Ausruf peinlich war, murmelte eine Entschuldigung, drehte sich um und verschwand auf sein Zimmer. Aber er nahm das Bild mit, das er gesehen hatte. Eine schöne, junge Frau. Sie mochte ungefähr so alt sein wie er, vielleicht ein paar Jahre jünger, vielleicht auch ein paar Jahre älter. Sie trug einen bordeauxroten Vintage-Rock, der fast bis an die Knöchel reichte, dazu eine weiße Seidenbluse. An den Füßen steckten rote Stiefeletten. Das eher schmale Gesicht mit den leicht vorspringenden Wangen wurde von schwarzen Haaren umrahmt, die bis auf die Schultern fielen. Beim ersten Anblick hatte er in rehbraune Augen gesehen, die Lippen waren voll und sinnlich. Aufgefallen war ihm sofort auch das Amulett, das sie an einer breiten goldenen Kette um den Hals trug. Es war ein in Gold gefasster Mondstein. Aufgefallen war ihm auch sofort das kleine Muttermal, das links auf der unteren Lippe saß. Mondstein und Muttermal hatte er auf einem Porträt von Georg Sand gesehen. In seinem Zimmer setzte sich Adrian an sein Piano, spielte aber nicht, sondern stützte sich, was einen lauten Akkord gab, mit den Ellenbogen auf die Tasten, vergrub sein Gesicht in den

Händen. War denn wirklich möglich, was er gesehen hatte?

9

Eine seltsame Unruhe hatte Adrian ergriffen. Er ging nicht mehr aus dem Haus. Was weiter nicht bemerkenswert war, da schon die Semesterferien begonnen hatten. So war er keine Erklärung schuldig. Dem Vater fiel die Unruhe nicht auf. Er war tagsüber im Bonner Postgebäude. Aber die Mutter hörte, wie er über ihr im Zimmer auf und ab ging.

„Was ist, mein Junge?" fragte sie. „Arbeitest du an einer neuen Sinfonie?"

Adrian, dankbar für die ihm zugeschobene Erklärung, sagte: „Ja."

Manchmal setzte er sich ans Klavier. Aber was die Mutter dann unten hörte, waren nicht die aufgewühlten Klänge Chopins, sondern eine eher gefällige moderne Melodie.

Adrian spielte keine Klassik. Er hatte sich an eine französische Ballade von Hugues Aufray erinnert. Die hieß ‚Céline'.

„Dis moi, Céline, les années ont passé."
– "Sag mir, Céline, die Jahre sind vergangen."

„Tu aurais pu rendre un homme heureux." – „Du hättest einen Mann glücklich machen können."

Es war eine zärtliche, romantische, melancholische Ballade in f-Moll, die sich ausgezeichnet auf dem Klavier spielen ließ. Adrian konnte den Text inzwischen auswendig und sang ihn leise mit.

Am dritten Abend nach der Begegnung mit den neuen Nachbarn sagte die Mutter beim Abendessen: „Adrian, weißt du eigentlich, dass du eine berühmte Nachbarin hast? Ich habe mich heute mit ihr unterhalten, war drüben im Haus. Céline hat an der Sorbonne Psychologie studiert und danach einige Bücher geschrieben, die ganz gut laufen."

Adrian, der gerade an einem Brot kaute, hielt inne, hielt sich die Hand vor den Mund, unterdrückte einen sich anbahnenden Husten, kaute weiter, schluckte und fragte:

„Worüber denn? Worüber hat sie geschrieben?"

„Das weiß ich nicht", antwortete die Mutter. „Das habe ich nicht gefragt. Aber frag sie doch selber. Ihr werdet euch doch bestimmt einmal begegnen."

10

Fünf Tage ging Adrian nicht aus dem Haus. Aber am sechsten, einem Samstag, hatte er eine Verabredung mit seinen Freunden. Sie wollten Fußball spielen auf der Wiese des Bonner Hofgartens.

Adrian verließ das Haus im Trainingsanzug. In diesem Moment erschien Céline in der Tür. Sie hatte sich eine Tennistasche über die Schulter gehängt, trug einen kurzen, türkisfarbenen Rock und eine blaue Trainingsjacke, an den Füßen weiße Tennisschuhe. Sie sah Adrian und winkte.

Adrian blieb stehen, unschlüssig, was er machen sollte. Sie kam zu ihm. „Hallo, Adrian!" Du gehst zum Sport, joggen?"

„Fußball", antwortete er einsilbig.

„Kannst du Tennis spielen?" fragte sie ihn.

„Nein."

„Schade. Ich bin nämlich neu im Verein. Godesberger Tennisclub Grün-Weiß. Ich kenne noch niemanden und würde gerne im September bei einem Schleifchenturnier mitmachen. Ich suche einen Partner fürs Doppel."

„Ich habe noch nie einen Schläger in der Hand gehabt. Tut mir leid."

„Aber du hast bestimmt Ballgefühl. Du wirst es schnell lernen."

„Weiß nicht." Adrian zögerte. Die Verlockung mit ihr zu spielen war groß. Außerdem stimmte es nicht, dass er noch nie einen Schläger in der Hand gehabt hatte. Als er zwanzig war, hatte er für ein halbes Jahr gespielt und sich die Schläge an einer Tenniswand beigebracht.

„Wir können es gerne einmal probieren", versuchte Céline ihn zu überreden. „Was hältst du davon?"

„Ich habe keinen Schläger und keine Tennisschuhe", wandte er ein.

„Ich habe zwei Schläger. Spiel ruhig mit normalen Sportschuhen. Das kontrolliert keiner."

„Gut", meinte Adrian. „Aber sei bitte nicht enttäuscht, wenn ich die Bälle in die Pampas schlage."

„Ach was! Du wirst sehen, beim zweiten oder dritten Mal geht das schon viel besser. Ich spiele erst seit zwei Jahren.

Du hast nichts zu befürchten. Also, Morgen drei Uhr?"

„Okay. Morgen drei Uhr."

Beim Fußball wunderten sich die Freunde. „Adrian, so schnell bist du noch nie gelaufen. Bist du gedopt?"

Beim Abendessen erzählte er den Eltern von dem Rendezvous am Sonntag.

„Bist du verrückt?" meinte der Vater. Das ist kein Sport für Pianisten. Es schadet deinem Handgelenk. Das habe ich dir doch damals schon gesagt, als du zwanzig warst. Beim Schlagen der Bälle musst du das Handgelenk steif halten. Das gewöhnt sich daran. Hast du das schon vergessen? Sag dieses Treffen bitte ab."

„Ich denke nicht daran", antwortete Adrian.

11

In der Nacht fand Adrian keinen Schlaf. Die Gedanken drehten sich im Kopf wie ein Mühlrad. Projizierte er in Céline etwas hinein, was nicht stimmen konnte? Andererseits, das wusste er durch seine Studien, kam die Wiedergeburt als Bestandteil eines Glaubens, einer Religion häufiger vor, als man es sich gemeinhin eingestehen wollte. Sie war ein Thema im Buddhismus, im Hinduismus, im frühen Christentum, in der islamischen Mystik bei den Sufis, in der Antike bei Empedokles und Platon, im Mittelalter bei den Katharern. In der Türkei gab es das Phänomen des Taqammus: Kinder wurden in einer anderen Familie wiedergeboren und hatten Kenntnisse über ihre vorige Familie, die selbst die hartnäckigsten Zweifler ins Grübeln brachten. Selbst ein mit so großer Vernunft begabter Dichter wie Lessing hatte geschrieben: „Warum sollte ich nicht so oft wiederkommen, als ich neue Kenntnisse, neue Fertigkeiten zu erlangen geschickt bin?"

Die Wiedergeburt war keine Spezialnische von Spiritismus, Theosophie und Anthroposophie. Schließlich, so sagte sich Adrian, weiß der Mensch nichts von den letzten Dingen. Sie sind ein Mysterium, über dem ein Schleier hängt, den niemand heben kann. Also ist es möglich, dass mir mit Céline die frühere George Sand begegnet ist. Sie ist schön, klug, schreibt Bücher, hat dieses kleine Muttermal auf der Unterlippe, trägt wieder einen Mondstein und sie bewegt sich so wie damals mit diesem gleitenden, fast schwebenden Gang, als sei sie auf Schlittschuhkufen unterwegs. Dass sie ausgerechnet im Nachbarhaus landet, ist das ein irrer Zufall oder sind da andere Mächte im Spiel? Das weiß ich nicht. Aber ich glaube eher daran, dass es gelenkt ist. Warum sonst habe ich so lange gewartet? Woher kam diese Ahnung, dass die eine, die für mich bestimmt ist, noch kommt? Wie komme ich zu meinen Träumen von den Klostergängen, der Zelle und der Dame mit Hut, obwohl ich davon nichts wusste. Warum reise ich ausgerechnet nach Paris, London, Glasgow und Mallorca. Ich wusste nicht, dass dies auch die Orte Chopins waren. Und warum spiele ich fast ausschließlich ihn, wo es doch so viele andere gibt?

Eins aber weiß ich. Wir müssen sehr aufpassen. Denn wenn es so ist, stehen wir vor einer Aufgabe, die wir lösen müssen. Fehler der Vergangenheit sind zu vermeiden. Es ist eine neue Chance. Die darf ich nicht verpatzen. Sonst werde ich als Hund wiedergeboren. Ich werde Céline nicht sagen, was ich vermute, werde sie aber fragen, was für Bücher sie schreibt.

Hatte George Sand damals überhaupt Fehler gemacht? Hatte sie nicht recht, wenn sie sich empörte:

„Wenn die Frau geringer ist als der Mann, muss man alle Bindungen lösen, darf weder Treue in der Liebe noch auf die Ehe begrenzte Mutterschaft von ihr verlangen. Man mache kurzen Prozess und führe Krieg gegen die Männer. Die Männer haben die heiligsten Einrichtungen zu ihrem Vorteil ausgebeutet, sie haben ihr Spiel getrieben mit den unschuldigsten Gefühlen. Es ist ihnen gelungen, die Frau in eine Knechtschaft und Verdummung hineinzuzwingen."

Hatte sie damals Fehler gemacht? Welche? Das wusste Adrian auf einmal nicht mehr zu sagen. Aber jetzt gab es ein neues Spiel. Gegen fünf stand er auf und setzte sich an das Klavier. Leise und verhalten spielte er Chopins Préludes, durchlief in dem Zyklus alle Dur- und Molltonarten. Jede Miniatur der 24 Stücke stand für sich und doch bildeten sie eine zusammenhängende Kette, in der auch das Tempo zwischen Agitato und Lento wechselte. Adrian spielte leise. Im Taufenbachschen Haus erklang ein Panorama musikalischer Emotionalität.

Adrian spielte nicht leise genug. Der Vater hörte es im Schlaf, wurde wach und sagte: „Der Junge ist verrückt."

12

„Wie kommst du dazu, mitten in der Nacht Klavier zu spielen?" fragte der Vater am Sonntagmorgen. „Was ist los? Hat dir die neue Nachbarin den Kopf vernebelt?"

„Entschuldigung. Ich dachte, ich wäre leise genug."

„Nachts hört man alles. Das weißt du doch."

„Ich hatte so ein paar Ideen."

„Wäre schön, wenn du sie mal außerhalb des Hauses vorstellen würdest. Aber auf diesem Ohr bist du taub. Leider ist es dann auch egal, dass du dir das Handgelenk mit Tennis versaust. Für den Hausgebrauch hier wird es ja weiterhin reichen. Also geh spielen."

„Ich will es nur probieren."

„Glaubst du doch selbst nicht. Einmal mit ihr gespielt, bleibst du dran. Meinetwegen. Vielleicht findest du endlich mal eine Freundin. Hübsch ist sie ja."

„Da ist nichts. Wir spielen nur Tennis."

„So fängt das immer an. Man will ja nur spielen. Deine Mutter habe ich beim Badminton kennengelernt. Du siehst, was daraus geworden ist."

„Ich will nicht heiraten. Die Liebe verträgt keinen Besitz."

„Besitz? Besitze ich deine Mutter etwa? Die macht doch sowieso, was sie will. Ich bin hier nur der Arbeiter, der die Kohle heranschafft, damit es euch gutgeht."

„Ich werde mir demnächst Arbeit suchen."

„Ja, ja. Mach erst mal deinen Abschluss. Dann kannst du als Musiklehrer an einer Schule versauern. Ich wundere mich, dass sie dich überhaupt noch an der Uni dulden. Im 22. Semester. Habt ihr keine Regelstudienzeit?"

„Nein. In der Musik ist das freier."

„Und das scheinst du auszunutzen. Aber vielleicht macht dir die neue Nachbarin mal etwas Dampf. Würde mich freuen."

„Wir spielen nur Tennis."

„Ja, ja. Hast du schon mal gesagt. Also, mein Junge, lass das Spielen nachts. Wenn's dich erwischt hat, geh anderen Tätigkeiten nach. Wir wollen schlafen."

13

Adrian, obwohl er die ganze Nacht kein Auge zugemacht hatte, war nicht müde. So wie ein Kind Weihnachten und der Bescherung entgegenfiebert, wartete er, dass es drei Uhr würde. Im Keller des Hauses fand er seinen alten Schläger, bereute, Céline gesagt zu haben, er hätte noch nie einen in der Hand gehabt. War das wiedergutzumachen? Sie würde staunen, wenn er die ersten Bälle schlug. Ein Genie nicht nur am Klavier, sondern auch beim Tennis. Er hatte damals Spaß gehabt an dem Sport, in der Sommersaison fast täglich gespielt, bis er auf die Einwände des Vaters gehört hatte. „Das ist kein Sport für Pianisten. Junge, lass die Finger davon! Denk an dein Handgelenk!" Da beherrschte er schon die überrissene Vorhand, den Slice, hatte einen gepfefferten Aufschlag und war auch ziemlich flink auf den Beinen. Gut, das war zehn Jahre her. Aber so etwas verlernte man nicht. Was sollte er machen? Céline das Staunen beibringen oder gestehen.

„Es stimmt nicht, ich habe schon einmal gespielt. Ich habe das nur gesagt, weil ich nicht mit dir spielen wollte."

„Warum wolltest du nicht mit mir spielen?"

„Eigentlich wollte ich doch mit dir spielen, aber ich hatte Angst, mich zu verlieben und dass ich in die gleichen Probleme komme wie damals."

„Wie damals? Wie meinst du das? Hattest du eine unglückliche Affäre mit einer Tennispartnerin?"

„Nein. Damals saß ich nur am Klavier, und du hast dich beklagt darüber. Ich wollte die platonische Liebe und du die Leidenschaft. Heute weiß ich, dass das Unsinn ist. Es gibt keine platonische Liebe. Denn wenn man liebt, will man auch die Berührung. Du hattest recht mit dem, was du einem französischen Freund in einem Brief geschrieben hast:

„Frédéric scheint, nach Art der Frömmler, die groben menschlichen Begierden zu verachten und zu erröten über seine Versuchungen, und er scheint zu fürchten, unsere Liebe durch eine stärkere Erregung zu beschmutzen. Diese Art der Betrachtung der äußersten Liebesvereinigung hat mich immer abgestoßen. Wenn diese letzte Umarmung nicht eine ebenso heilige und reine Sache ist wie alles andere, so liegt keinerlei Tugend darin, sich ihrer zu enthalten."

Konnte er so mit ihr reden? Nein. Sie würde ihn für verrückt erklären. Die Begegnung wäre beendet, bevor sie begonnen hat. Also, was mache ich? Ich könnte mir ihren Schläger leihen und die ersten Bälle absichtlich ungeschickt verschlagen und dann besser werden. Das wäre eine Verstellung. Ich könnte sagen:

„Das ist der Schläger des Vaters. Ich habe zwar noch nie richtig gespielt, aber an der Hauswand hinten im Hof geübt. Als ich gesagt habe, ich hätte noch nie einen Schläger in der Hand gehabt, meinte ich natürlich, dass ich noch nie auf dem Platz gespielt habe. Aber das wäre eine Lüge. Ein schlechter Start."

Mit solchen Überlegungen schlug sich Adrian herum und bereute, nicht von Anfang an die Wahrheit gesagt zu haben. Jetzt steckte er in einem Dilemma. Es gab nur zwei Möglichkeiten. Die Verstellung oder das Geständnis. Würde er gestehen, so müsste er die Geschichte vom vorigen Leben unbedingt verschweigen. Das Verschweigen war in Ordnung. Er musste ja nicht alles sagen, zumal er selber noch zweifelte. Denn dass sie ausgerechnet von Frankreich in das Nachbarhaus gezogen war, war einfach zu irre, um es jemandem mitzuteilen.

Gegen zwei Uhr suchte Adrian die Tennissachen von früher zusammen, zog sich um, entschied sich für eine neongelbe kurze Sporthose, streifte sich ein pinkfarbenes T-Shirt über mit der Aufschrift ,Rock until you die', entschied sich für eine blaue Baseballkappe, um nicht von der Sonne geblendet zu werden und stellte zufrieden fest, dass die alten, weißen Schuhe mit dem Fischgrätmuster an der Sohle noch passten. Um Drei nahm er seinen Wilson-Schläger, setzte sich die Sonnenbrille auf und ging aus dem Haus. Draußen war ein herrlicher Sommertag mit einem wolkenlosen Himmel.

14

Er klingelte bei ihr, so wie sie es verabredet hatten. Auf dem Namensschild stand ,Bonnet'. Céline öffnete und sah ihn erstaunt an, wie er da so stand, etwas verlegen, mit dem Schläger in der Hand.

„Oh, ich dachte, du hättest noch nie gespielt. Das sieht aber anders aus."

„Tut mir leid. Ich habe das nur gesagt, weil ich eigentlich nicht spielen darf. Ich müsste das Handgelenk schonen wegen dem Klavier."

„Du bist Pianist?"

„Ja."

„Hättest du doch sagen können."

„Ja. Ich wollte keine großen Erklärungen abgeben."

„Aber jetzt willst du trotzdem spielen?"

„Ja. Das mit dem Handgelenk ist wahrscheinlich Unsinn. Ich habe vor zehn Jahren nur eine Saison gespielt und dann wegen dieser Befürchtung aufgehört. Aber das Spielen hat Spaß gemacht. Ich möchte es wieder versuchen."

Sie lächelte. „Schön. Dann habe ich ja für den September meinen Doppelpartner."

Sie hatte sich auch schon umgezogen, trug wieder den türkisfarbenen Rock, die blaue Trainingsjacke und hatte die Tennistasche über der Schulter hängen.

„Sie weiß, dass ich nur wegen ihr wieder spiele", dachte Adrian. „Aber meinetwegen. Soll sie es ruhig wissen. Sie ist sich ihrer Attraktivität bewusst."

Sie gingen zu einem roten Mini-Cooper, der vor der Garage neben dem Haus stand.

„Du hast auch einen Wagen?" fragte sie.

„Nein, ich mache alles zu Fuß."

„Du spielst beim Bonner Beethoven-Orchester in der Philharmonie?"

„Nein. Nur zu Hause."

Sie sah ihn erstaunt an. In ihren Augen las er die Frage: „Wie alt bist du eigentlich?"

Er kam der Frage zuvor. „Ja, ja, ich weiß. Mit dreißig sollte man nicht mehr zu Hause hocken oder in die Uni laufen. Das wird sich ändern."

Um nicht weiter ausgefragt zu werden, startete er eine Gegenoffensive. „Und du? Du arbeitest?"

„Ja, auch zu Hause. Ich lese und schreibe Bücher."

„Welche?"

„Kann ich dir während der Fahrt erzählen, wenn es dich interessiert."

„Aber ja! Darf ich auch fragen, wie alt oder jung du bist?"

„Klar darfst du das fragen. Ich bin fünf Jahre älter als du."

Sie ließ den Wagen an, öffnete das Verdeck, nahm aus einem Seitenfach eine Sonnenbrille, setzte sie auf. Bevor sie losfuhr, warf sie einen Blick auf sein T-Shirt, lächelte und sagte: „Also los, Cowboy! Mal sehen, wie du spielst. Rock until you die!"

Sie fuhr schnell, überschritt die in der Stadt erlaubten Fünfzig, verlangsamte erst vor einer Brücke, auf der ein Blitzer stand.

„Hat mich bei meiner ersten Fahrt nach Godesberg 100 Euro und einen Punkt gekostet", sagte sie. „Jetzt weiß ich es. Ich bin hier mit achtzig gefahren. Einen Kilometer mehr und es hätte für einen Monat ein Fahrverbot gegeben. Dann würden wir jetzt nicht Tennis spielen oder müssten mit der Straßenbahn fahren."

„Du wolltest mir von deinen Büchern erzählen."

„Ach so. Ja. Also, ich habe Psychologie studiert, nebenbei auch noch Philosophie und hatte keine Lust, mir die Probleme anderer Leute anzuhören. Da kam ich auf die Idee, ein Buch zu schreiben. ‚La recherche du bonheur' – ‚Die Suche nach dem Glück'. Ich hatte damals eine Affäre mit einem Verleger. Das hat sehr geholfen. Es wurde ein Bestseller. Es folgten vier weitere Bücher."

„Du schreibst immer noch für diesen Verlag?"

„Nein. Das ist zehn Jahre her. So wie dein Tennisspiel. Jetzt habe ich einen anderen Verlag, ohne Affäre."

„Und zur Zeit? Woran arbeitest du?"

Sie legte die Stirn in Falten, lächelte, sah ihn kurz an. „Das erzähle ich dir ein anderes Mal. Nicht jetzt."

„Hmm. Klingt geheimnisvoll."

„Ist es auch."

„Und der Verlag? Ein französischer?"

„Nein. Dieses Mal ein deutscher."

„Wie kommt es, dass du zwei Sprachen beherrschst?"

„Bin zweisprachig aufgewachsen. Mit meinem Vater habe ich französisch gesprochen, mit meiner Mutter deutsch."

„Deine Eltern haben sich getrennt?"

„Ja. Mein Vater konnte seine Finger nicht von anderen Frauen lassen. Mit siebzig ist er in den zweiten Frühling gekommen. Meine Mutter konnte das nicht ertragen. Kann man verstehen. Oder?"

„Aber ja!"

„So, jetzt bist du dran mit dem Erzählen. Hast du eine Freundin?"

„Nein."

„Wie viele hattest du?"

„Keine. Ich habe gewartet."

„Auf was denn?"

Adrian antwortete nicht, drehte den Kopf zu seinem Seitenfenster hin. Céline fragte nicht weiter. Mochte sie denken, was sie wollte.

16

Sie spielten sich erst nahe am Netz die Bälle zu, später von der Grundlinie.

„Geht doch wunderbar", meinte Céline. „Du hast nichts verlernt."

„Versuchen wir einen Satz?" fragte sie nach einer halben Stunde.

„Ungern", antwortete Adrian. „Ich würde lieber mit dir an der Seite im Doppel spielen."

„Aber gegen wen?"

„Zwei von meinen Freunden spielen Tennis. Da lässt sich was arrangieren."

Nach dem Spiel saßen sie auf der Terrasse des Clubhauses, tranken Kaffee. Céline zündete sich eine Zigarette an. Das hatte sie also beibehalten. Ihn störte das nicht.

„Ich würde gerne einmal hören, wie du spielst", sagte sie.

„Was möchtest du denn hören? Welche Komponisten sind deine Lieblinge?"

„Debussy, Ravel, Bizet."

„Was ist mit Chopin?"

„Ja, der auch. Aber du kannst mir ebenso was Modernes vorspielen. Mein Bogen ist weit gespannt. Von klassischen Stücken bis hin zu Balladen und Beat. Spiele, was du möchtest. Ich höre zu."

Adrian lächelte. „Ich spiele nur, wenn du mir danach verrätst, woran du arbeitest."

„Einverstanden. Du bist sehr neugierig."

„Und du sehr interessant", dachte Adrian, sagte es aber nicht.

„Wann?" fragte sie.

„Morgen Abend?"

„Gut. Morgen Abend. Gegen Sieben."

Adrian überlegte kurz, was er spielen sollte. Natürlich Chopin. Da brauchte er keine Notenvorlage. Er kannte alle Stücke auswendig. Am besten wären wohl ein paar von den 21 Nocturnes, jener Mischung aus Romanze, Serenade und

Pastorale. Sie hatten eine ruhig fließende Melodik, eine starke poetische Ausdruckskraft, einen schwebenden Traumzustand und manchmal neben heiteren Passagen ein trauriges Lächeln, ohne den Zucker der Sentimentalität. Verflacht und zum Kitsch hin verschoben wurden die romantischen Stücke nur, wenn höhere Töchter sie damals in den Salons gespielt hatten. Aber von dieser Spielweise war er weit entfernt. Céline würde das gefallen. Und dann hatte er als Zugabe noch die Ballade von Hugues Aufrey.

17

„Na", meinte der Vater beim Abendessen zu Adrian, „du hast ja ausgesprochen gute Laune, lächelst leise vor dich hin. Am Brot und am Käse kann es nicht liegen. Das ist wie immer." Und an Adrians Mutter gerichtet bemerkte er: „Du könntest ruhig den Holländer mal gegen was anderes tauschen."

„Ja. Morgen Abend bekommst du einen Harzer, einen ganz alten."

Zu Adrian gewandt fragte sie: „Und? Vertragt ihr euch?"

„Ich glaube ja. Sie kommt morgen Abend. Dann spiele ich ihr etwas vor. Sie will das hören."

„Sehr gut, mein Junge. Dann mache ich ein kleines Buffet für euch."

„Hast du für mich noch nie gemacht", warf der Vater missmutig ein.

„Du spielst ja auch kein Klavier. Briefmarken stempeln kann jeder."

„Lasst das doch bitte!" schaltete sich Adrian ein. „Ich habe keine Lust auf eure Streitereien. Jedenfalls war der Nachmittag mit Céline schön. Verderbt ihn mir bitte nicht."

„Dann erzähl doch mal!" forderte ihn die Mutter auf. „Was habt ihr gemacht?"

„Tennis gespielt, uns unterhalten. Sie arbeitet an einem neuen Buch."

„An welchem?"

„Das weiß ich nicht. Aber Morgen will sie es mir verraten. Sie spricht perfekt französisch und deutsch, ist sehr klug, auch charmant und rücksichtsvoll. Dass sie eine Schönheit ist, habt ihr ja gesehen. Ihr Tennisspiel ist so lala. Deshalb wollte ich auch keinen Satz gegen sie spielen. Das wäre 6:0 ausgegangen und hätte sie vielleicht verärgert."

„Unser Junge hat sich verliebt", sagte der Vater. „Na endlich!"

„Kann sein", bemerkte Adrian. „Aber ich weiß es noch nicht. Ich weiß auch nicht, wie es bei ihr aussieht. Das ist doch noch viel zu früh. Wir haben heute das erste Mal etwas zusammen unternommen."

„So etwas merkt man von Anfang an", meinte der Vater. „Als ich damals mit deiner Mutter Badminton spielte, wusste ich sofort, worauf das hinausläuft."

„So? Das wusstest du?" warf die Mutter ein. „Du hast gar nichts gewusst. Ich habe mir nämlich überlegt, ob ich mit so einem arroganten Schnösel, der glaubt, man müsse Frauen erobern wie eine Burg, weiterspielen soll."

„Ich hätte dich bei Aldi an der Kasse sitzen lassen sollen."

„Hört auf!" rief Adrian. „Steuert eure Goldene an. Dann spiele ich für euch. Ihr nehmt einem ja die Lust an der Liebe."

18

Adrian hatte sein Reich oben im ersten Stock des Hauses. Es waren zwei Zimmer, eine Küche, die er nur zum Kaffee kochen benutzte, ein Bad, eine kleine Diele und ein nach Süden gerichteter Balkon, den man vom Wohnzimmer aus betreten konnte. Es war mit antiken Möbeln, die er von den Großeltern übernommen hatte, eingerichtet. Die Eltern hatten sie nicht haben wollen. Auch nicht die alte Standuhr mit dem Londoner Big-Ben-Schlag. Ebenso alt war der Schreibtisch mit dem Computer darauf. Im Wohnzimmer stand das Klavier, das die Mutter mit in die Ehe gebracht hatte. Als sie Adrians Talent bemerkten, hatten die Eltern es ihm überlassen. Ein rotes Ausziehsofa stach ab von der antiken Einrichtung. Adrian hatte sich in das knallige Rot verliebt und wollte es unbedingt haben. Ein Fernseher fehlte. Wenn es, was selten geschah, mal etwas zu sehen gab, saß er unten bei den Eltern und musste sie überreden, sich ausnahmsweise keinem Krimi hinzugeben oder Sendungen wie ‚Bauer sucht Frau‘, sondern mit ihm einen Film auf Arte zu schauen.

Besonders in Erinnerung war ihm ein Film über Lou Andreas-Salome. Den hatte er unbedingt sehen wollen. Sie schien ihm George Sand zu gleichen, war Philosophin, Schriftstellerin, Frauenrechtlerin, Psychoanalytikerin und hatte Nietzsche angeblich in den Wahnsinn getrieben. Lou war sehr eigensinnig, konsequent, kämpferisch, unbequem, schön und lebenslustig. Adrian gefiel sie, während der Vater meinte: „Gut, dass ich der nicht begegnet bin."

„Das glaube ich dir aufs Wort", hatte die Mutter bemerkt. „Bei der hättest du es schwer gehabt."

An den Wänden seines Wohnzimmers hingen ein paar gerahmte Drucke, Reproduktionen der Bilder Chagalls und Gauguins. Von Gauguin war das ‚Mädchen mit Mangoblüte' dabei, von Chagall ‚Die Bucht der Engel' und das ‚Stillleben mit Lampe'. Die Kopfwand des Schlafzimmers beherrschte ein plakatgroßer Druck einer ‚schönen Madonna'. Das war eine Marienfigur aus dem 13. Jahrhundert. Adrian hatte, was nicht erlaubt war, ein Foto auf einer Ausstellung des Rheinischen Landesmuseums gemacht und es vergrößern lassen. ‚Seliges Lächeln und höllisches Gelächter' hieß die Ausstellung. Das Bild zeigte eine anmutige Traubenmadonna mit einem scherzenden Jesusknaben auf dem Arm.

Die Küche war bilderfrei. Auffallend an der Wand war hier aber eine so genannte

‚Bird Clock', eine Vogeluhr, die stündlich eine Vogelstimme wiedergab. So rief zum Beispiel Punkt Zwölf der Cuculus, der Kuckuck, und um Sechs der Cyanorus, der Blauschwanz.

Als am Montag um Sechs der Blauschwanz rief, wurde Adrian leicht nervös. Er ging unter die Dusche, suchte sich dann im Kleiderschrank eine legere Hauskleidung. Ein türkisfarbenes marokkanisches Hemd und eine bequeme dunkelblaue Fischerhose. Über die Füße streifte er sich dunkelrote Mokassins.

Um zehn vor Sieben saß er in Nähe der Haustür auf einer Treppenstufe und wartete. Er wollte verhindern, dass Vater oder Mutter Céline öffneten, mit ihr ins Gespräch kamen und irgendetwas Dummes oder Unpassendes sagten.

Pünktlich um Sieben klingelte es. Adrian sprang auf, öffnete. Vor ihm stand Céline. Sie trug wieder wie beim allerersten Treffen den bordeauxroten Vintage-Rock, die weiße Seidenbluse und die roten Stiefeletten. Wie es in Frankreich üblich war, begrüßte sie ihn mit einem Kuss rechts und links auf die Wangen.

19

In seinem Zimmer blieb Céline zuerst vor der Büchervitrine stehen. „Oh, Tibet, Buddhismus! Du warst schon dort?"

„Nein, ich lese das wegen der Wiedergeburt. Das Thema fasziniert mich."

„Glaubst du da dran?"

Fast hätte er geantwortet: „Ich glaube nicht, ich weiß." Aber um verfänglichen Erklärungen aus dem Weg zu gehen, sagte er:

„Ich halte es für möglich. Und du?"

„Auch. Ich hatte Träume, die ich mir nicht erklären kann."

„Welche?"

„Da sitzt jemand in einem Zimmer und spielt Klavier. Ich habe meine Ellenbogen darauf gestützt und höre zu. Zweimal habe ich das geträumt."

„Weißt du, wer da sitzt?"

„Nein, das konnte ich nicht erkennen. Keine Ahnung."

Sie setzte sich auf das Sofa. „Was willst du spielen?"

„Chopin. Zunächst zwei Stücke aus den Nocturnes."

Adrian klappte den Deckel hoch, rückte die Pianobank mit dem roten Velourbezug heran, nahm Platz.

„Du spielst ohne Noten?"

„Aber ja. Ich kann die Nocturnes auswendig."

Er begann mit der ersten Miniatur aus dem Zyklus. Sie war in b-Moll, langsam, schwebend, verträumt, voller Gefühl, voller Sehnsucht, aber mit einigen schnellen Läufen und aufgewühlten Akkorden. Danach spielte er das siebte Stück. Es war in cis-Moll, zunächst noch schwebender, verträumter, bis aufge-wühlte Akkorde und Arpeggien höchste Virtuosität verlangten.

Er machte eine Pause, sah zu Céline. Die hatte ihr Gesicht in den Händen vergraben, sah jetzt aber, als er aufhörte zu spielen, zu ihm hin. „Unglaublich", sagte sie. „Ich habe diese Stücke noch nie gehört, aber sie kommen mir vertraut vor. Du spielst genial, perfekt, gefühlvoll und so leicht, mühelos. Du musst doch Auftritte haben. Du kannst doch nicht nur hier im Haus spielen."

„Ja, danke. Aber auf einer Bühne würde ich nervös werden. Das ist meine Schwäche."

„Du hast gar keinen Grund dazu, so brillant wie du spielst. Das musst du ablegen."

„Aber wie?"

„Du weißt doch, was du kannst. Das Publikum wird es merken."

Adrian hob die Schultern. „Weiß nicht. Vielleicht ist es zu spät."

„Ach was! Rede dir das doch nicht ein. Nimm an einem Wettbewerb teil. Stell dich. Danach wird man auf dich aufmerksam."

„Ja. Vielleicht. Ich werde es mir überlegen."

„Du sollst nicht überlegen. Mach es! Wenn es erlaubt wäre und dich beruhigt, würde ich mich neben dich setzen."

„Schön. Aber käme ich dann nicht eher aus dem Takt?"

„Du bist ein komplizierter Fall. Aber spiel bitte noch etwas!"

„Okay. Jetzt was ganz anderes. Kennst du die Ballade von Hugues Aufrey, ‚Céline'?"

„Natürlich. Ein Evergreen in Frankreich. Wird immer noch im Radio gespielt."

Adrian lächelte, wandte sich wieder den Tasten zu. Er sang die Ballade leise mit.

„Dis moi, Céline, les années ont passé."

"Sag mir, Céline, die Jahre sind vergangen."

20

„Pause!" sagte Adrian, als der letzte Ton der Ballade verklungen war. „Jetzt bist du dran. Woran arbeitest du bei deinem neuen Buch? Ich bin neugierig."

Céline strich sich mit der Hand über die Haare, strich sie zum Nacken hin, legte die Stirn in Falten, sah Adrian, wie es ihm vorkam, skeptisch an.

„Hmm, ich habe noch keinen Titel, aber…"

In diesem Moment klopfte es an der Tür. Ohne eine „Herein!" abzuwarten, erschien Mutter Taufenbach mit einem Tablett. Sie hatte draußen gewartet, bis keine Musik mehr zu hören war.

„Hallo Céline! Hier habt ihr ein paar belegte Brote. Ihr habt doch gewiss Hunger."

Sie musterte den nackten Couchtisch.

„Du hast ja noch nicht einmal an Getränke gedacht, Adrian", meinte sie vorwurfsvoll.

„Ach so. Ja. Wir haben uns auf die Musik konzentriert."

„Wie spielt er denn, Céline?"

„Wunderbar, virtuos."

„Ja. Eigentlich ist es schade. Er könnte um die Welt reisen."

Sie stellte das Tablett auf dem Couchtisch ab. „Soll ich euch eine Flasche Wein aus dem Keller holen?"

„Aber Mutter", schaltete sich Adrian ein. „Lass mal! Darum kümmer ich mich selbst."

„Wie du meinst. Dann geh ich jetzt."

Frau Taufenbach zögerte noch einen Moment, hoffte auf Widerspruch, aber der kam nicht.

Als sie gegangen war, verdrehte Adrian die Augen und sagte: „Sie ist rührend, aber sie kann auch nerven. Wenn ich dir was anbieten kann…"

„Ein Kaffee wäre nicht schlecht. Ich vermute, hier ist rauchfreie Zone. Ich verschwinde mal auf den Balkon."

„Ach was! Hier ist meine Wohnung. Da kannst du machen, was du willst. Ich hole einen Aschenbecher oder etwas Ähnliches."

Er ging in die Küche, kam mit einer Untertasse zurück, stellte sie auf den Tisch, begab sich wieder in die Küche.

Sie zündete sich eine Zigarette an, hörte das Gurgeln der Kaffeemaschine, lächelte.

Nach ein paar Minuten erschien Adrian mit einer Kanne und zwei Tassen.

„Zucker, Milch?" fragte er.

„Sahne, wenn du hast."

„Hab' ich. Beste Eifelsahne."

Er verschwand in der Küche, kam rasch wieder, stellte einen Becher Sahne neben ihre Tasse, setzte sich neben sie. Die Brote schienen ihn nicht zu interessieren.

„Also", sagte er, „Fortsetzung. Woran arbeitest du?"

21

Céline drückte die Zigarette aus. „Also, wie gesagt, einen Titel habe ich noch nicht. Es geht um den Eros, eine ziemlich komplizierte Geschichte. Vielleicht auch nicht."

„Es geht also um die Liebe", warf Adrian ein.

„Nicht so ganz. Der Begriff ‚Liebe' ist ziemlich plattgefahren oder eingeengt.

Jedenfalls im allgemeinen, geläufigen Verständnis. Eros hat aber eine ganz andere Dimension. Eine sehr schöne Geschichte dazu findet sich in einem Werk von Platon, im ‚Gastmahl'. Da erzählt Sokrates, wie ihn eine Priesterin, Diotima, über die wahre Natur des Eros aufgeklärt hat. Sie bezeichnet den Eros als einen Dämon, der zwischen den Menschen und den Göttern vermittelt. Verstehe ‚Dämon' bitte nicht falsch. Heute ist der Begriff negativ. Damals war er göttlich. Eros entzündet die Liebe, und eine solche Liebe führt zu Gott. Das ist der Kern der wahren Liebe. Und der Kern ist auch, den anderen in seinem Wesen und seinen Möglichkeiten wahrzunehmen. Du siehst ja, was heute damit gemacht wird. Geh durch die Stadt und sieh dir die Plakatwände an. Schlag irgendeine Illustrierte auf, guck dir die blöden Fernsehprogramme an. Liebe begegnet einem doch meistens nur im Zusammenhang mit Sexualität. Klar, die gehört dazu, aber alles andere auch. Das ist aus dem Bewusstsein so ziemlich verschwunden. Deshalb ist unsere Gesellschaft krank, weil sie den Eros erstickt und erschlagen hat. Weil sie davon nichts mehr weiß, wissen will."

Adrian hatte sie mit großen Augen angesehen, die Stirn in Falten gelegt, so als müsse er etwas Kompliziertes entziffern. Céline bemerkte das, lächelte."

„Ich will dir hier keine großen Vorträge halten. Eros ist einfach die Kraft, die mich den Anderen sehen lässt, wie er in seiner Seele ist. Und Eros ist übrigens auch die Quelle der Kreativität, der Kunst. Ohne diesen Dämon könntest du nicht so Klavier spielen. Ohne ihn könnte die Musik nicht das Unendliche im Endlichen sein, die Vermittlerin zwischen Spiritualität und Sinnlichkeit. Ich weiß noch nicht, soll ich etwas Historisches schreiben, Verständnis des Eros von der Antike bis heute, oder soll ich meinem eigenen Verstehen freien Lauf lassen? So wie du eben die Nocturnes gespielt hast, neigt es sich bei mir mehr der Freiheit zu, dem eigenen Verstehen, der eigenen Erfahrung. Ich habe die Nocturnes heute zum ersten Mal gehört, aber sie kamen mir seltsam vertraut vor. Wenn ich darf, würde ich gerne Morgen wiederkommen und du spielst mir weitere Stücke vor. Geht das?"

„Aber ja doch. Sehr gerne."

22

„Wie kommst du zu diesem Thema?" fragte Adrian. „Das ist ungewöhnlich."

„Ungewöhnlich? Nein. Für mich nicht. Ich habe Psychologie studiert. Es ist aber auch eine persönliche Geschichte."

„Willst du sie mir erzählen?"

„Dir ja. Also, es begann mit dem Märchen vom ‚Glasberg'. Im letzten Semester hatten wir das Thema ‚Die psychologische Bedeutung von Märchen'. Die Geschichte vom ‚Glasberg' ist ein norwegisches Märchen. Eine von einer Hexe verzauberte Prinzessin sitzt auf einem gläsernen Berg und wartet, dass jemand kommt und sie erlöst. Viele Bewerber versuchen, den Berg hochzureiten. Lauter doofe Prinzen, wenn du so willst. Aber dann kommt einer, der schafft es. Das ist der Aschenper, ein Junge, der zu Hause anders als seine Brüder in der Asche wohnen muss und sich eigentlich nicht an dem Werben beteiligen darf. Aber er macht es trotzdem und schafft es, den Berg hochzureiten.

Wir machten uns natürlich Gedanken darüber, was der Glasberg bedeutet, und warum ausgerechnet er, der zu Hause diese niedere Stellung hat, es schafft. Der Glasberg ist ein Spiegel, in dem sich die Prinzessin betrachtet. Aber sich in einem Spiegel zu betrachten, ist zu wenig. Da fehlt etwas. Nämlich der liebevolle Blick eines Anderen. Der Aschenper hat ihn. Deshalb kann er den Berg hochreiten. Die anderen, die es versuchen, sind viel zu eitel und fallen vom Berg herunter. So, das ist die eine Geschichte. Da kam ich noch nicht auf die Idee, über den Eros zu schreiben.

Der zweite Teil der Geschichte ist anders. Ich habe dir ja gestern erzählt, dass ich eine Affäre mit einem Verleger hatte. Affäre ist eigentlich das falsche Wort. Vielleicht war es eine für ihn. Das ist jetzt zehn Jahre her. Er war verheiratet, hatte für mich nur bestimmte Termine, ging dann wieder zu seiner Frau. Ich habe mich damit arrangiert. Ich bin nicht eifersüchtig. Aber mit der Zeit störte mich das Ungleichgewicht. Er konnte mich besuchen, ich ihn aber nicht. Da habe ich mich von dieser Verbindung gelöst und wollte zehn Jahre nichts mit der Liebe zu tun haben. Aber dann fiel mir das Märchen vom Glasberg wieder ein. Das willst du nicht, sagte ich mir, dich immer nur selbst im Spiegel sehen. Ich stellte mir die Frage: Was ist das eigentlich, die Liebe? So kam ich dem Eros auf die Spur. Die Prinzen, die den Glasberg herunterfallen, sind nicht nur eitel. Sie sind auch unwissend. Oft scheitert die Liebe. An der Eifersucht, am Besitzdenken, an der Langeweile, am Stumpfsinn, an Konflikten, die nicht gelöst werden. Manche bleiben aus Bequemlichkeit zusammen oder weil sie das Alleinsein fürchten, manche trennen sich und laufen wieder in die gleiche Falle, weil sie keine Ahnung vom Eros haben. Sie können die Weiche nicht anders stellen. Dieses Umstellen kann nämlich sehr anstrengend sein. Bequem ist es nicht. Wer hat schon die gesunde Naivität eines Aschenpers?"

Céline machte eine Pause, strich sich die Haare in den Nacken, sagte dann: „So, jetzt hast du die Geschichte."

Adrian schwieg eine Weile, bemerkte dann: „Du verzichtest auf einen Bestseller wie bei deinen Büchern vorher. Wer will das lesen? ‚Zum Verständnis des Eros'.

„Ach was!" widersprach Céline. „Ich müsste dem Buch nur einen Titel geben wie etwa ‚Richtig lieben'. Da fast alle damit Probleme haben, würden sie es als einen willkommenen Ratgeber kaufen. So wie bei dem ersten Buch ‚Die Suche nach dem Glück'. Es kommt mir aber hier nicht auf die Verkaufszahlen an. Dieses Buch ist mehr für mich als für andere.

„Ich dürfte es lesen?"

„Dürfte? Oh! Ja. Ich mag Männer, die den Konjunktiv benutzen."

23

Céline war bis gegen Zehn geblieben. Adrian hatte noch eine Ballade Chopins für sie gespielt. Die Ballade in F-Dur, mit einer verträumt heiteren, ja verliebten Einleitung, die plötzlich zu aufgewühlten Akkorden und rasanten Läufen überging, um dann zu ihrem schwebenden und verträumt heiteren Eingangsthema zurückzukehren. Die Ballade zu spielen verlangte höchste Virtuosität. Er hatte seine Umgebung vergessen, versank völlig in der Musik, bemerkte nicht, dass Céline ihre Ellenbogen auf den Tisch gesetzt hatte, das Gesicht mit den Händen links und rechts der Wangen abstützte und ihn ansah.

Sie hatten sich danach noch über alltägliche Dinge unterhalten, tasteten sich ab mit biographischen Erzählungen, die für ein weiteres Kennenlernen genauso wichtig waren wie das philosophische Thema davor.

Als sie sich an der Haustür verabschiedeten, umarmte sie ihn und sagte: „Danke. Morgen wieder."

Versonnen ging Adrian in die elterliche Wohnung. Der Vater hatte sich schon schlafen gelegt, die Mutter aber hantierte noch in der Küche. Sie war neugierig.

„Und?" fragte sie. „Was hältst du von ihr?"

„Sie ist eine sehr kluge Frau."

„Mehr nicht?"

„Doch. Viel, viel mehr."

„Eine von diesen kämpferischen wie…? Ich habe den Namen vergessen."

„Du meinst Lou Andreas-Salome?"

„Ja, die."

„Ach was! Die Zeiten sind lange vorbei. Damals war es notwendig. Heute doch nicht mehr."

„Und? Trefft ihr euch wieder?"

„Sie kommt Morgen. Dann darf ich ihr noch einmal etwas vorspielen."

„Wie alt ist sie eigentlich? Hat sie dir das gesagt?"

„Ja. 35."

„Sie ist also älter."

„Na und! Was heißt das schon? Nichts. Ich könnte mich auch in eine Hundertjährige verlieben, wenn sie so wäre wie Céline."

„Du bist verrückt. Aber fünf Jahre, das geht ja noch."

„Zunächst geht gar nichts. Wir haben erzählt. Ich habe Klavier gespielt. Mehr nicht."

„Das kommt noch. Warte es ab. Habt ihr die Brote gegessen?"

„Ja, natürlich. Danke. Tut mir leid, wenn ich etwas schroff gewesen bin."

„Soll ich Morgen wieder welche machen?"

„Nein. Ich kümmer' mich selbst darum."

„Wie denn? Was hast du vor?"

„Lass das mal meine Sorge sein."

24

Kochen konnte Adrian nicht. Nur Klavier spielen. Er fuhr seinen Computer hoch, gab bei google ‚Fischgeschäft Bonn' ein und stieß auf ‚Maroc Fischgeschäft' in der Altstadt. Das war ein marokkanischer Laden. Gambas würde er noch zubereiten können. Mit Öl, viel Knoblauch und Chili. Die Mutter hatte einen Tischgrill. Den würde er einsetzen. Wenn die Gambas bruzzelten, machte das eine schöne Atmosphäre. Aus dem Keller am besten einen Grauen Burgunder, den der Vater nur zu besonderen Gelegenheiten trank. Der war ein Weinkenner und wusste, was schmeckte.

Schon am Vormittag lief Adrian in die Altstadt, betrat einen blau gekachelten Laden. An den Wänden hingen Fischernetze und Rettungsringe. Die Theke präsentierte eine auf Eis gelagerte große Auswahl an Meeresfrüchten. Mit einer Kühltasche voller Gambas auf Eis kehrte er nach Hause zurück. Die Gambas lagerte er in seinem Kühlschrank. Er wartete, bis die Mutter wie immer um Zwölf zum Einkaufen ging, entwendete den Tischgrill aus ihrer Küche, versorgte sich mit Öl,

Chili und Knoblauch und nahm auch ein Ciabatta-Brot mit. Er überlegte, ob er auch eine Kerze anzünden sollte. Warum nicht? Was war gegen eine solche Atmosphäre zu sagen? Nichts. Céline würde das nicht als Verführungsversuch auslegen, den er auch gar nicht vorhatte. Der Gedanke daran machte ihn eher nervös, da er noch nie mit einer Frau geschlafen hatte. So etwas kannte er nur aus den Erzählungen seiner Freunde. Aus dem Wohnzimmer der Eltern nahm er noch einen frisch bestückten Kerzenständer mit, brachte alles nach oben in die eigene Küche. Teller, Besteck und Gläser hatte er selbst. Er lief noch einmal runter in den Keller, zog eine Flasche Burgunder aus dem Regal, zögerte und nahm noch eine. Reserve war gut. Vielleicht würde Céline ja fragen, nachdem die Flasche geleert war: „Hast du noch ein Glas für mich?"

Am Klavier überlegte er sich, was er spielen sollte. Nicht schon wieder Chopin. Am besten etwas aus Schumanns ‚Romantischen Träumen', das Klavier-konzert in a-Moll mit dieser sich aufschwingenden Sehnsucht. Er probte ein paar Akkorde und Läufe. Ja, das ging noch locker von der Hand. Er musste da nicht überlegen.

Um halb Sieben stand alles auf dem Tisch. Der Elektrogrill mit Aluminiumfolie, Teller, eine Schüssel für die Schalen, zwei Weingläser, die Gambas auf einer Platte mit Eis, ein Körbchen mit Ciabattascheiben, der Kerzenständer. Die Kerze zündete er schon mal an, ließ sie eine Weile brennen, damit es aussah, als würde er das öfter machen. Er goss eine Schicht Öl auf die Folie, gab Knoblauchscheiben dazu und Chili, schaltete den Grill für ein paar Minuten schon mal ein, damit sich das Aroma entfalten konnte. Schade, dass es draußen noch hell war. So war ein stimmungsvolles Licht innen nicht möglich. Die Rollläden würde er schlecht herunterlassen können. Das würde sie nur zu falschen Vermutungen führen, die zu vermeiden waren. Was er da veranstaltete, war schon gewagt genug und eine Zeit lang überlegte er, ob er alles wieder in seine Küche transportieren und sie erst fragen sollte, ob sie überhaupt Hunger hatte. Aber der Hunger oder Appetit käme gewiss, wenn sie die köstlichen Gambas sah. Er verwarf seine Überlegung also und setzte sich wie am Tag zuvor, nachdem er die Kerze angezündet hatte, schon um zehn vor Sieben auf die Treppenstufe nahe der Haustür.

25

Pünktlich um Sieben klingelte es. Er öffnete. Céline trug ein langes, türkisfarbenes Kleid, hatte einen blauen Seidenschal umgelegt. Für ein paar Sekunden blieben sie voreinander stehen, dann umarmten sie sich, wobei nicht auszumachen war, wer damit begonnen hatte. Es war eher spontan und gleichzeitig. Sie gingen nebeneinander die Treppe hoch. Als sie sein Zimmer betrat und sah, was auf dem Couchtisch stand, sagte sie: „Olala. Das sieht aber gut aus. Woher wusstest du, dass Gambas zu meinen Lieblingsgerichten gehören?"

Fast hätte er gesagt: „Von damals her." Aber er bog es um: „Zufall."

„Erst spielen oder essen?" fragte er.

„Erst spielen. Was hast du heute auf dem Programm?"

„Schumann. Klavierkonzert in a-Moll. Er hat es für Clara komponiert. Eigentlich ist es für ein ganzes Orchester gedacht, geht aber auch nur mit Klavier."

Er schlug den Deckel hoch, schob den Stuhl zurück, setzte sich. Sie hockte sich auf das Sofa, hatte die Knie angezogen, den Kopf darauf gestützt, blickte zu ihm hin. Er spielte genauso virtuos wie am Tag zuvor. Als nach den einleitenden kraftvollen Akkorden die Passage mit der sich aufschwingenden Sehnsucht kam, verlangsamte er das Tempo um eine Nuance, ließ mit der Pedale einen längeren Nachklang zu, um die nachfolgenden Arpeggien wieder gewohnt temporeich zu spielen, ohne jedoch zwischendurch das Leitmotiv zu verlieren. Der Satz endete mit einer spannungsgeladenen, virtuosen Akkordfolge. Im zweiten, dem Intermezzo, wechselte er nach F-Dur, ließ eine feinfühlige Melodie erklingen, bei der man das Herz singen hörte, streute dabei eine Reprise des Themas ein. Im dritten Satz spielte er in A-Dur die Bassläufe variantenreich und schwungvoll und kehrte zum Ausklang, sich offenbarend, zum Sehnsuchtsmotiv zurück.

Céline hatte die Augen zu schmalen Schlitzen zusammengezogen, schüttelte leicht und wie verwundert den Kopf, strich sich die Haare in den Nacken.

Als Adrian geendet hatte, stand sie auf, stellte sich hinter ihn und legte ihm die Hände auf die Schultern. Er hielt eine Weile still. Dann stand er auf, umarmte sie. Céline ging mit ihrem Mund nahe an sein Ohr, flüsterte etwas. Er fühlte sein Herz schneller schlagen, löste sich von ihr, ging zur Zimmertür und schloss von innen ab.

26

Sie sahen sich nun täglich. Entweder bei Adrian, was den Vorteil hatte, er konnte ihr ein Klavierstück vorspielen, oder aber nebenan, was den Vorteil hatte, sie waren alleine im Haus. Célines Mutter hatte einen Job in einem Touristikbüro gefunden. Natürlich hatte Adrians Mutter bemerkt, dass ihr Sohn sich verändert hatte. Er ging lächelnd durchs Haus und summte oft irgendeine Melodie vor sich hin. Frau Taufenbach war klar, was geschehen war. Adrian war bis über beide Ohren verliebt. Dass er sich oft auch im Nachbarhaus aufhielt, war ihr nicht entgangen. Sie sparte sich Kommentare, sagte nur „Na endlich, Junge!", wollte aber wissen, wie es weitergehen sollte.

„Weiß ich nicht", entgegnete Adrian. „Jetzt ist es erst einmal, wie es ist."

Der Vater war auch im Bilde, klopfte Adrian auf die Schulter und meinte:

„Vielleicht kriegst du jetzt doch noch die Kurve."

Einmal die Woche spielten sie Tennis im Doppel mit zwei Freunden Adrians. Adrian liebte es, mit Céline an der Seite zu spielen. Dass es seinem Handgelenk schadete, davon merkte er nichts. Dass Tennis kein Sport für Pianisten sein sollte, war Unsinn.

Trafen sich die Freunde im James Joyce und Céline war nicht dabei, konnte er so etwas wie Neid aus den Kommentaren heraushören. Respektlos sagten sie: „Da hast du aber eine tolle Schnecke abbekommen" oder „Kommst du überhaupt noch aus dem Bett?" Worauf Adrian nur antwortete: „Seht ihr doch!"

So ging der August hin und auch der September. Beim Schleifchenturnier des Godesberger Clubs belegten sie einen mittleren Platz. Jedes Doppel musste gegen jedes andere antreten. Gezählt wurde wie beim Tischtennis bis 21. Ein

Sieg wurde mit einem roten Schleifchen belohnt.

Aber das war es nicht nur. In mancher Nacht arbeitete Adrian an einer Ballade, die er selbst komponierte. Er nannte sie die ‚Ballade vom Eros', entschied sich für die Tonart a-Moll, begann mit einem Sehnsuchtsmotiv, ohne allzu nahe an Schumann zu rücken, wirbelte nach Art Chopins im mittleren Teil mit aufgewühlten Akkorden und raschen Läufen, verlor dabei das Hauptmotiv nicht aus den Augen und führte das Stück am Ende zu den leisen Tönen des Themas zurück. Nach nur einer Woche war das Werk fertig. Er konnte es auswendig, stellte es Céline vor und widmete es ihr.

„Ich könnte die Ballade auch ‚Céline' nennen, meinte er.

„Nein, lass es so. ‚Ballade vom Eros' ist gut. Aber Adrian, versteck es nicht zu Hause, tritt damit auf. Es gibt doch Wettbewerbe, bei denen man eigene Kompositionen vorstellt."

Adrian legte die Stirn in Falten. „Meinst du?"

„Ja, meine ich."

Einen Tag später kam sie zu ihm und sagte: „Ich habe im Internet recherchiert.

In Lissabon, im Conservatório Nacional de Lisboa, gibt es am zweiten November einen europäischen Wettbewerb für eigene Klavierkompositionen. Preisgeld 10 000 Euro. Dazu gibt es einen Vertrag mit einem Musikverlag. Und weißt du, was das Beste ist: Die Kompositionen sollen nach Art Chopins sein, die Sehnsucht nach Heimat eines ins Exil getriebenen Komponisten wiedergeben. Sie schreiben dazu: ‚Die Musik Chopins brennt vor Aktualität' und ‚Chopins Werke sind unter Blumen eingesenkte Kanonen.' Die Jury besteht aus fünf Professoren aus Lissabon, Wien, Salzburg, Paris, Warschau. Du kannst einführende Worte zu deinem Werk auf Englisch sagen. Kannst du doch noch oder"

„Wird noch gehen."

„Die Altersgrenze ist 30. Wann wirst du 31?"

„Im Februar."

„Wassermann?"

„Ja. Und du?"

„Juni. Zwilling. Also, los Cowboy, melde dich an. Wenn du willst, begleite ich dich. Mach es sofort, jetzt, damit du es dir nicht noch anders überlegst. Man kann

nicht berühmt werden unter Ausschluss
der Öffentlichkeit."

27

„Du hast ja ein atemberaubendes
Tempo", sagte Adrian. „Aber bitte, dann
melde ich mich jetzt an."

Er fuhr seinen Computer hoch. Céline
nahm den Klavierstuhl, setzte sich neben
ihn.

„Wie hieß noch mal das Konservatorium?"

„Conservatório Nacional de Lisboa."

Er gab es bei google ein. Die Website
erschien.

„Ja, das könnte es sein. ‚Competição'.
Du kannst Portugiesisch?"

„Verstehen ja, sprechen etwas weniger."

„Schon gut. Sie haben das Gott sei Dank
auch auf Englisch ‚Competition'."

Er las die Bedingungen durch.

„Oh, ich habe nur zehn Minuten Zeit
zum Spielen. Da muss ich die Ballade
ändern, um zwei Minuten kürzen. Wegen
dem verlangten Thema stelle ich sie auch
nicht mehr als ‚Ballade vom Eros' vor,
sondern als ‚Ballade einer Sehnsucht'. Ist ja

fast dasselbe. Wo ist dieses Konservatorium überhaupt?"

Er ging auf das Impressum.

„Rua Alexandre de Sá Pinto, im Stadtteil Belém. Dann können wir auch gleich den Flug buchen und ein Hotel. Zuerst den Flug. Am besten mit Ryan Air ab Köln. Wann?"

„28.10. zum Beispiel. Dann hast du Zeit, dich an Lissabon zu gewöhnen. Im Oktober kann es noch sehr warm sein."

„Du warst schon mal da?"

„Ja. Es ist meine Lieblingsstadt."

„Rückflug wann?"

„Lass uns länger bleiben. Mindestens zehn Tage."

„Okay!" Adrian ging auf die Seite von Ryan Air. „Geht nicht. Die brauchen ja neun Stunden bis Lissabon. Zwischenlandung in Mailand. Ich versuch es bei Eurowings."

Er ging auf die Seite von Eurowings.

„Besser", sagte er. „Viel besser. Nonstop. Drei Stunden. Die Abflugzeit ist auch in Ordnung. 10.40 Uhr ab Köln. Die sind sogar noch ein paar Euro billiger als Ryan Air. Gut, buche ich."

Danach gab er bei google ‚Hotel, Lissabon, Belém' ein. Eine lange Liste mit

Hotels und Ferienwohnungen erschien. Fotos waren zugeschaltet.

„Such du was aus!" sagte er. Mir ist es egal."

Er scrollte sich durch die Angebote, bis Céline „Stopp!" rief.

„Das sieht doch gut aus. Echter portugiesischer Stil. Hotel Real Palacio."

Adrian verzog das Gesicht. „Fünf Sterne. 1300 Euro für zehn Tage. Soviel hab' ich nicht."

„Ich kann das übernehmen."

„Will ich nicht. Wir teilen."

„Ich strecke es dir vor. Es gibt nicht nur einen ersten Preis, auch einen zweiten und dritten. 5000 und 3000 Euro. Einen der Plätze wirst du schaffen. Da bin ich mir sicher."

„Na gut. Risiko. Geh ich leer aus, darfst du über mich als Arbeitssklave verfügen. Wagen waschen, Trainingsstunde Tennis und was dir sonst noch so einfällt. Meinen Vater will ich nicht fragen."

Sie legte ihren Arm um ihn. „Du spinnst! Arbeitssklave! Vergiss den falschen Stolz! Ich brauch dich für was ganz anderes."

28

Am 28. Oktober, einem Mittwoch, fuhren sie mit Célines Mini-Cooper zum Flughafen, stellten den Wagen im Parkhaus ab, checkten ein. Céline hatte einen Rucksack, den sie als Handgepäck mit in die Maschine nehmen konnte. Bei Adrian war das anders. Sie hatte sich erst lustig gemacht über ihn, als er mit einem Koffer bei ihr erschienen war.

„Willst du auswandern?" hatte sie ihn gefragt.

„Nein. Aber den Anzug für den Wettbewerb kann ich nicht in einen Rucksack stopfen. Oder nimmst du ein Bügeleisen mit?"

Als die 737 auf die Startbahn fuhr und die Turbinen aufheulten, wusste Adrian, die Würfel waren gefallen. Jetzt gab es kein Zurück mehr. Er musste sich stellen. Dachte er daran, dass er jetzt für eine Weile Tag und Nacht mit Céline zusammen sein konnte, stimmte ihn das froh. Dachte er an den 2. November, verspürte er ein nervöses Kribbeln in der Magengegend. Um einem zu großen Erwartungsdruck zu entgehen hatte er den

Eltern nur gesagt: „Wir machen zehn Tage Urlaub in Lissabon."

Als der Flieger in eine Schleife zum Rhein hin bog und er unten den Kölner Dom sah, zuckte er mit den Schultern. Sollte kommen, was kommen musste. Céline, die ihren Kopf an ihn gelehnt hatte, schaute ihn fragend an.

„Was ist?"

„Ich ergebe mich."

„Hör doch mit dem Zweifeln auf! Besser als du kann man nicht spielen."

Mit dem Taxi fuhren sie nach Belém ins Hotel, betraten eine edle, geschmackvoll und antik eingerichtete Rezeptionshalle, bekamen ein Zimmer, das eher einer Präsidentensuite glich. Das breite Doppelbett hatte einen mit Goldstreifen durchwirkten sienafarbenen, seidenen Baldachin. Vom Balkon aus sahen sie auf den Park Eduardo VII. Dahinter, in der Ferne, glänzte unter einem wolkenlosen Himmel das Mündungsdelta des Tejo in der Sonne. Es war warm. 25 Grad.

Sie starteten einen Erkundungsgang durch das Hotel, fanden ein Restaurant, in dem Könige Bankett halten konnten, entdeckten eine gemütliche Bar, in der zur Freude Adrians ein Piano stand, und tranken schließlich in einem lauschigen Innenhof einen Kaffee.

„Morgen können wir zum Tejo runtergehen", meinte Céline. „Von dort starteten die Seefahrer, um Indien, Ostafrika und Brasilien zu entdecken. Damals war Portugal wegen seiner Kolonien unglaublich reich. Jetzt habe ich aber erst einmal Lust, mich mit dir unter den Baldachin zu legen."

Erst am Abend, als die Sonne schon untergegangen war, wurden sie wach, bestellten sich Gambas aufs Zimmer, gingen danach in die Bar. Céline freute sich, dass man dort rauchen konnte. Adrian freute sich über das Piano, das verwaist an einer Wand stand, an der ein Plakat klebte ‚Lisboa - Cidade da musica' – Lissabon, Stadt der Musik.

Es waren nur einige wenige Gäste da. Adrian rückte sich den Klavierstuhl zurecht, begann mit einem sanften, gefälligen Stück aus den Nocturnes, spielte leise, verhalten. Als er zum Ende gekommen war, klatschten die Gäste. Der Barkeeper ging zu ihm, lächelte und sagte:

„Oh, Sir, very, very nice. Please continue!"

Er spielte noch ein weiteres Stück aus den Nocturnes, setzte sich dann zu Céline an die Bartheke, bestellte sich wie sie einen trockenen Rotwein aus dem Dourotal. Als er bezahlen wollte, wehrte der Barkeeper ab. „No, no, it's for free."

„Ich könnte auch Straßenmusiker werden", sagte er zu Céline. „Mit einem fahrbaren Piano. Oder in einer Bar spielen."

„Bitte nicht! Du stellst dich dem Wettbewerb. Danach sieht die Welt anders aus."

29

Das Licht, der Tejo, die Hügel, die Menschen und vor allem Céline! Adrian verliebte sich auch in Lissabon, die weiße Stadt. Die Zeit war zu schade, um durch Museen zu laufen. Er war froh, dass Céline das schon kannte und ihn nicht aufforderte, etwas für die Bildung zu tun. Viel lieber saß er mit ihr unten am Tejo, draußen vor einem Café, sah auf das sonnenbeglänzte Wasser, auf den gegenüber liegenden Stadtteil Almada. Fähren kreuzten den Fluss, der mit seinem breiten Arm den Eindruck vermittelte, als wäre man schon am nahen Atlantik. Abends waren sie mit der Metro in die Altstadt gefahren, in die Bairro Alto, wo durch die engen Gassen noch die Eléctrico, die Straßenbahn in Rot oder Gelb rumpelte. Sie waren in einer der zahlreichen Bars eingekehrt, lauschten dem Fado, jenem von einer Gitarre begleiteten Gesang in Moll, der von Heimweh und Sehnsucht sprach. ‚Fado‘ leitete sich ab von Fatum, Schicksal. Der Gesang spiegelte die portugiesische Seele. Weltschmerz lag darin, die Trauer um die gute alte Zeit und die Sehnsucht nach einer besseren Zukunft.

Der erste November kam. Adrians Gelassenheit schmolz dahin. Er dachte an den morgigen Tag, an dem er um acht Uhr im Conservatório erscheinen sollte. Sie saßen wieder vor dem Café am Tejo. Céline bemerkte seine sich verändernde Stimmung, rückte ihren Stuhl neben seinen, legte den Arm um ihn.

„Wovor hast du eigentlich Angst, Adrian?"

„Ja, ja, ich weiß. Ich spiele nicht nur Chopin, ich habe auch seine Beklemmung vor Publikum zu spielen."

„Lampenfieber? Das ist normal."

„Es ist mehr. Es ist eine Lähmung. Je weniger Menschen sich zu einem Konzert einfanden, desto froher war Chopin. Einmal schrieb er in einem Brief an einen Freund:

,Du glaubst nicht, was das für eine Qual drei Tage vor dem Auftritt ist.'

Er spielte am liebsten in einem kleinen, bekannten Kreis. In den Salons. Für dich, Céline, spiele ich gerne. Manchmal auch für die Freunde. Wenn ich für dich spiele, ist es wie eine Befreiung. Es beflügelt mich. Ich habe den Eindruck, dass ich dann sogar besser bin. Hören Unbekannte zu, drohen meine Finger zu straucheln."

„Kannst du das Publikum nicht ausblenden?"

„Wie denn? Ich weiß doch, dass es da ist. Wenn du auf der Bühne mir gegenüber am Klavier säßest, könnte ich das. Aber das ist verboten. Das werden sie nicht erlauben. Ich bin auf der Bühne allein. Du darfst nur irgendwo in dem riesigen Konzertsaal sitzen. Und dann sitzen da Morgen all die Konkurrenten, die ebenfalls den Preis gewinnen wollen und vielleicht hoffen, dass mir Fehler unterlaufen. Und ganz vorne sitzt die Jury und betrachtet mich skeptisch. Das ist keine Atmosphäre für die Musik."

„Ja", sagte Céline. „Ich verstehe das. Aber deine Finger werden nicht straucheln."

Auf dem Rückweg zum Hotel kamen sie an einer Apotheke vorbei.

„Warte hier draußen einen Augenblick", bat Céline. „Ich kaufe mir Aspirin. Ich habe von dem Wein gestern Abend noch Kopfschmerzen."

Sie verschwand in der Farmácia, kam nach ein paar Minuten zurück, während Adrian draußen gewartet hatte.

30

Der quadratische Komplex des Conservatório war Respekt einflößend. Groß, wuchtig, alt, ehrwürdig, mächtig lagerte er wie ein ruhender Riese in Belém.

Um halb acht waren sie angekommen, fragten, ließen sich von einem freundlichen Portugiesen in den Konzertsaal führen, wo der Wettbewerb stattfand. Die Jury, die fünf Professoren, saßen vor der Bühne in der ersten Reihe. Dahinter reihten sich die Kandidaten. Und irgendwo in dem riesigen Saal saßen verstreut ein paar Zuschauer, wahrscheinlich Studenten des Konservatoriums. Von der mit Ornamenten und Stuck verzierten Decke schaute neben dem ausladenden Kristallleuchter auf einem Fresco ein Engel mit einer Harfe herab.

Adrian überflog die Reihen mit den Kandidaten. Es mochten etwa dreißig sein. Céline würde irgendwo in dem Saal sitzen. Er würde kaum einen Blick auf sie werfen können. Man drehte beim Spielen nicht den Kopf zum Publikum hin.

Aber was machte da Céline? Während er noch am Eingang der Saaltür stand, ging sie zu der Jury, redete mit einem der Professoren. Der schüttelte den Kopf. Darauf holte sie etwas aus ihrer Handtasche, zeigte es ihm, sagte wieder irgendetwas. Die Jury beriet sich, bis schließlich einer nickte. Céline kam zurück zu ihm.

„Was hast du da gemacht?" fragte Adrian verblüfft. „Was soll das?"

„Ich habe den Professor, der die Liste mit den Kandidaten in der Hand hat und offensichtlich alles organisiert, gefragt, ob ich bei dir auf der Bühne sitzen darf. Er hat die Stirn gerunzelt, den Kopf geschüttelt, gesagt. ,Das geht nicht. Das ist nicht erlaubt.' Dann hat er mich etwas freundlicher angesehen, geschmunzelt und gemeint, das sei Doping. Daraufhin habe ich ihm eine Spritze gezeigt und eine Ampulle und gesagt, du hättest manchmal und besonders wenn du aufgeregt seist Herzflimmern und bräuchtest sofort eine Injektion. Sie haben sich beraten und dann ihr Einverständnis gegeben."

„Du bist ja total verrückt!" entfuhr es Adrian. „Was ist denn in der Ampulle?"

„Ein Vitamin-Konzentrat."

Sie setzten sich in eine Reihe, in der noch ein paar Plätz frei waren und warteten.

„Du bist wirklich verrückt", sagte Adrian. „Aber es ist schön."

31

Gegen elf wurde er aufgerufen. Er ging zusammen mit Céline zur Bühne. Man hatte für den Wettbewerb Treppenstufen herangeschoben. Oben angekommen nahm Céline sich einen Orchesterstuhl, rückte ihn so vor das Klavier, dass Adrian nur leicht den Kopf heben musste, um sie zu sehen. Adrian stellte sich zunächst an den vorderen Rand der Bühne, verneigte sich in seinem schwarzen Anzug leicht vor der Jury und gab, wie es verlangt war, eine kurze Einführung in seine Komposition.

„It´s a ballad of longing. Longing for home, for love and freedom. And inside this longing is also despair, rebelling and defiance. Just the situation of Chopin."

Er wusste nicht, ob das ein etwas holpriges Englisch war. Die Schulzeit war lange her. Da aber zwei Österreicher in der Jury saßen, wiederholte er seine Einführung auf Deutsch.

„Es ist eine Ballade der Sehnsucht. Der Sehnsucht nach Heimat, nach Liebe, nach Frieden. Und in dieser Sehnsucht ist zugleich auch Verzweiflung, Rebellion, Trotz. Es ist die Lage, in der Chopin sich befand."

Adrian ging zum Klavier, rückte sich den Stuhl zurecht, setzte sich, sah zu Céline, lächelte, schloss für ein paar Sekunden die Augen, hob den Kopf, senkte ihn wieder. Dann griff er in die Tasten und begann zu spielen.

Balladen waren musikalische Erzählungen, es waren Lieder ohne Worte, Tondichtungen, bei denen man die

Emotionen unmittelbar wahrnehmen konnte.

Zu Anfang der Ballade erklang eine Sehnsucht, die mit Melancholie, Zärtlichkeit und romantischem Suchen heranschwebte. Dann wechselte Adrian vom ruhigen Andante zu einem lauter werdenden Crescendo, das mit aufgewühlten Akkorden und Arpeggien daherkam, ohne dass zwischendurch das Leitmotiv vergessen wurde. Zum Schluss leitete eine Trillerkette zu einer furiosen Coda, dem ausklingenden Teil, über, in dem das Anfangsmotiv wieder aufgenommen wurde.

Beim Spielen hatte er öfter zu Céline geschaut, während die Finger sicher in die Tasten griffen. Adrian hätte die Ballade auch mit geschlossenen Augen spielen können. Céline hatte ihm aufmunternd zugelächelt, und er hatte wie in Trance das Publikum vergessen.

Als er aufstand, sich vor der Jury verneigte und dann mit Céline von der Bühne ging, kam er an den Professoren vorbei. Einer nickte ihm anerkennend zu und sagte: „Con bravore!"

32

„Und? Was hast du für ein Gefühl?" fragte Céline.

„Eigentlich ein gutes. Ich habe nur für dich gespielt. Die Jury und die Zuschauer hatte ich vergessen. Und als ich vorne an der Bühne stand, um das Thema der Ballade anzukündigen, habe ich kurz hochgeschaut zu dem Fresko an der Decke, zu dem Engel mit der Harfe, und gewusst, dass du mir hilfst. Danke!"

Adrian lächelte, nahm sie in die Arme. „Mein Gott, was hast du mein Leben umgekrempelt! Manchmal glaube ich, dass ich das alles träume."

Sie lachte, küsste ihn, sagte: „Ist das real oder nicht?"

„Das ist sehr real."

„Fahren wir mit der Metro in die Altstadt", schlug sie vor. „Da kenne ich einen Laden, da gibt es guten Landwein und typisch portugiesische Delikatessen. Das nehmen wir mit auf unseren Balkon. Erwarte nichts Großartiges. Nur Brot und Wein. Und Oliven, Käse und Schokoladensalami. Zu Ausflügen habe ich heute keine Lust. Und dann gehen wir auf dem Rückweg zur Metrostation durch das Tor der Seefahrer. Die wurden dort empfangen, wenn sie von ihren Reisen und Entdeckungen zurückkamen. Das musst du erleben. Wenn man da durch gegangen ist, öffnet sich diese wunderbare Weite zum Tejo hin."

Sie fuhren mit der Metro nach Baixa, gingen hoch zur Altstadt. Céline fand ihren Laden, der noch die gemütliche Tante Emma-Atmosphäre hatte, kaufte Sachen, von denen er noch nie gehört hatte. Bolo do caco, Salame de chocolate, Queijo da Serra. Dazu packte die freundliche Ladenbesitzerin Oliven und zwei Flaschen Wein in die Tüte.

„Was ist das?" Adrian war neugierig.

„Bolo do caco ist ein rundes, knuspriges Knoblauchbrot. Salame de chocolate nehmen wir nachher zum Kaffee. Das nennen sie Salami-Schokolade, hat aber mit Salami nichts zu tun. Es ist ein Kuchen, der wegen seiner länglichen Form so heißt. Und Queijo da Serra ist ein milder, würziger Schafkäse. Wir machen heute Abend Picknick auf dem Balkon. Hast du aber vorher Hunger, lade ich dich ein in unser Hotelrestaurant."

„Warte lieber das Ergebnis des Wettbewerbs ab."

„Ist doch egal. Bist du nicht unter den ersten Drei, haben wir einen Grund uns zu trösten. Hast du es geschafft, können wir feiern."

Sie liefen hinunter zur Rua da Augusta und als sie durch das Tor der Seefahrer gingen, sagte Adrian: „Ich fühle mich wunderbar neben dir. So muss es Vasco da Gama ergangen sein, als er aus Indien zurückkam und von seiner Frau empfangen wurde."

33

Das Ergebnis des Wettbewerbs sollte am nächsten Tag um zehn Uhr verkündet werden. Adrian war nervös. Aber es war eine andere Nervosität, nicht mehr die Angst vor der Lähmung, dem Versagen. Wurde er auf die Bühne gerufen, so war der Anlass schön. Nannte man seinen Namen nicht, konnte er unbeachtet im Konzertsaal sitzen bleiben.

Um viertel vor Zehn saß er mit Céline in einer der hinteren Reihen, so als sei er nur Zuschauer und habe mit dem Wettbewerb nichts zu tun. Um Zehn erschienen die fünf Professoren, stiegen auf die Bühne, stellten sich dort in einer Reihe auf. Der Leiter der Jury trat zwei Schritte vor. Er begrüßte die Kandidaten, bedankte sich bei ihnen, lobte die herausragenden Leistungen, wünschte allen viel Erfolg für den weiteren Weg in die Musik. Er hatte ein Blatt in der Hand, warf jetzt einen Blick darauf, sah wieder hoch und sagte: „The winner is, the first prize goes to…" Er machte eine kleine Pause, während es im Saal ganz still war, und rief dann: „Adrian Taufenbach from Germany! Please come!"

Die Kandidaten klatschten. Erst ein wenig verhalten, dann lauter. Adrian erhob sich, zog auch Céline hoch.

„Du musst mitkommen."

„Ich? Warum denn? Der Preis ist für dich."

„Wegen dem Herzflimmern. Das könnte ja auch aus Freude eintreten. Lass sie nicht misstrauisch werden. Hast du die Spritze dabei?"

„Nein."

„Ist auch egal. Sie werden nicht danach fragen."

Sie gingen durch den Mittelgang zur Bühne, stiegen die Stufen hoch. Der Chef der Jury schüttelte Adrian die Hand.

„Congratulations Mr. Taufenbach!" Er überreichte Adrian eine Urkunde und einen großen, symbolischen Scheck mit der Zahl 10 000 - „The real one you'll get in the secretary's office."

Er gab auch Céline die Hand „Take good care of him!"

Die anderen Vier kamen, gratulierten. Einer der beiden Wiener Professoren blieb bei Adrian. „Kommen Sie doch bitte nachher mit ins Sekretariat. Dann regeln wir das mit dem Musikverlag. Sie haben Glück. Die Universal Edition in Wien ist an dem Notenbuch interessiert. Das ist unser wichtigster Musikverlag in Österreich", sagte er bedeutungsvoll.

Céline und Adrian gingen von der Bühne, setzten sich jetzt in eine der vorderen Reihen. Die Höflichkeit verlangte es, die gesamte Preisverleihung abzuwarten und nicht jubelnd davon-zustürzen.

Platz zwei ging an einen Holländer. Der dritte an einen Portugiesen.

„Was macht der Verlag denn mit dem Notenbuch?" fragte Céline.

„Zu verdienen ist da zunächst wenig oder nichts. Vielleicht wird es von Konzerthäusern gekauft, vielleicht sogar in einem Studio eingespielt und du hörst es im Radio. Dann bekäme ich Gema-Gebühren."

„Eingespielt von dir?"

„Möglich. Vielleicht darf ich in Wien auch in einem Orchester ein Debüt geben."

„Schön. Dann käme ja nach Lissabon Wien."

„Mit dir gerne."

34

„So reich war ich noch nie", sagte Adrian. „Jetzt kann ich dich einladen. Du musst es aber bitte vorstrecken, bis das Geld auf meinem Konto ist."

Sie saßen im Restaurant des Hotels, schälten Gambas, hatten nach dem besten Wein gefragt.

„Schade", meinte Adrian, „dass wir nur noch drei Tage haben. Lissabon gefällt mir."

„Meinetwegen können wir verlängern. Wir lassen den Rückflug sausen, bleiben noch ein paar Tage hier, mieten uns dann einen Wagen und fahren bis runter an die Algarve."

„Gerne. Ich war lang genug zu Hause."

„Dein Daddy wird staunen, deine Mutter sagen: ‚Hab ich doch gewusst.'"

„Er wird es nicht glauben. Aber ich habe ja die Urkunde."

Noch lange saßen sie später auf dem Balkon. Es war eine sternenklare Nacht. Am Himmel wanderte die Mondsichel und vor ihr die Venus. Die Fähren glitten als Lichtpunkte über den Tejo. In der Ferne, am anderen Ufer leuchteten die Lichterketten Almadas. Sie hatten die zweite Flasche Wein geöffnet.

„Weißt du, Céline, bis heute Morgen habe ich geglaubt, schon mal als Chopin auf der Welt gewesen zu sein. Wegen der Träume, in denen Bilder vorkamen von Begebenheiten damals, die ich zu dieser Zeit noch nicht wusste. Jetzt kommen mir Zweifel. Hatte Chopin so viel Glück mit einer Frau? Nein."

„Das besagt nichts. Die Wiedergeburt ist eine zweite Chance. Das muss nicht mehr wie früher laufen."

„Du glaubst daran?"

„Ich bin mir nicht sicher. Kann man so etwas wissen?"

„Nach meinen tibetischen Büchern ja. Ich denke da zum Beispiel an die Auffindung des Dalai Lama. Als er wiedergeboren wurde und noch ein Kind war, kam eine Abordnung aus Lhasa zu seiner Familie und hat ihm eine Reihe von Gegenständen vorgelegt. Welche, die ihm früher gehört und welche, die ihm nicht gehört hatten. Das Kind hat zielsicher nur die gegriffen, die ihm im vorigen Leben gehört hatten. Ich weiß, man kann daran zweifeln, wenn man nicht als Augenzeuge dabei war. Aber warum sollte der Dalai Lama diese Geschichte erfunden haben? Das macht er nicht."

Céline schwieg eine Weile. Dann sagte sie: „Weißt du, auch ich hatte einen seltsamen Traum. Zweimal. Einen Traum von einem Haus, einem Landsitz. Ich gehe hinein und in einem der Zimmer steht ein Klavier. Von dem Klavier und dem Zimmer hatte ich dir schon erzählt. Ich stütze meine Ellenbogen darauf, höre jemandem zu, der spielt. Es war eine melancholische Musik, aber auch eine aufgewühlt von Leidenschaft. Wer da spielte, konnte ich nicht erkennen. Nach diesen Träumen, etwa ein halbes Jahr später, fahre ich einmal von Paris nach Clermont Ferrand und komme in Nohant im Berry genau an diesem Haus vorbei. Ich bin vorher noch nie in Nohant gewesen.

Was ist das? Ein Déjà-vu? Was hat es zu bedeuten? Ich komme an einen Ort und fühle, dass ich da schon einmal gewesen bin. Ich war da aber noch nie. Jedenfalls nicht in diesem Leben. Und es war ja nicht nur ein Gefühl, das bestimmt viele kennen, sondern auch zweimal ein Traum. Und in diesem Traum war dieses Haus. Hinein gegangen bin ich nicht, habe nicht darum gebeten, es besichtigen zu dürfen, war mir aber sicher, dass genau dort das Zimmer mit dem Klavier war."

„Du weißt, wer da gewohnt hat?"

„Natürlich weiß ich das. Ich habe nachgeforscht und es war nicht schwer. George Sand und Frédéric Chopin."

„Du hast mir nichts davon erzählt."

„Warum auch? Vielleicht hättest du mich für verrückt erklärt."

„Da haben wir also beide über unseren Verdacht geschwiegen. Was machen wir jetzt?"

„Ganz einfach. Weiter lieben!"

35

„Was haben wir damals bloß falsch gemacht?" fragte Adrian.

„Du hattest Angst vor der Liebe, hast dich im Platonischen versteckt. Du warst ein scheuer, verträumter Romantiker. Genial nur in der Musik. Ich musste kämpfen, provozieren. Statt Aurore nannte ich mich lieber George. Statt aufgebauschte Kleider trug ich lieber Hut und Hose. Statt zu sagen ‚Ja, mein Herr und Gebieter', steckte ich mir eine Zigarre in den Mund. Das hat euch Männer aufgeregt, herausgefordert. Aber richtig nachgedacht habt ihr nicht. Ihr wolltet mich im Kampf besiegen, besitzen. Ihr wart gefesselt von eurem Herrendenken. Du warst wenigstens etwas anders, wolltest nur deine Ruhe haben und ein Heim, wo du still deiner Passion nachgehen konntest. Aber ich war eine Frau mit Begehren. Das hast du missachtet. Du hast zwar geahnt, was Eros ist, aber du hast einen Bogen darum gemacht. Ja, ich hatte mich in Kämpfe und Auflehnung verstrickt, die Männer ausprobiert und nichts gefunden. Irgendwann kam immer die Zeit, wo ich gehen musste."

Adrian hatte still zugehört, Célins Worte nicht unterbrochen. Als sie eine Pause machte, sagte er: „Ja, so wird das gewesen sein. Aber ich frage mich, warum ich dann in eine so, ich will mich nicht über die Eltern beschweren, warum ich dann in eine so biedere Familie komme."

„Wahrscheinlich ist es eine Prüfung. Sie dulden, dass du mit dreißig noch bei ihnen wohnen kannst, keine bezahlte Arbeit suchst, dich zurückgezogen hast, um dem alten Chopin-Traum von Heim und Ruhe nachgehen zu können. Diese Familie war genau richtig für dich, damit du zur Veränderung aufgefordert wirst. Du bist aber dem alten Fehler verfallen, dich zu verstecken und eine Frau als ruhestörend zu empfinden."

Adrian schüttelte den Kopf. „Nein, ich habe nur auf dich gewartet. Irgendwie hatte ich es geahnt."

„Wie kann man das ahnen? Das ist doch viel zu irre, dass ich ausgerechnet in das Nachbarhaus ziehe."

„Es ist aber so passiert."

„Ja, darüber wundere ich mich auch", sagte Céline. „Wärst du nach Paris gekommen und wir wären uns da in einem Café oder sonstwo begegnet, wäre es noch irre genug, aber etwas weniger."

„Na ja", meinte Adrian und goss Wein nach, „ist wahrscheinlich auch egal, wo wir uns begegnet sind. Jetzt haben wir eine zweite Chance. Die Zeiten haben sich geändert. Du musst nicht mehr so kämpfen und provozieren. Ich kann mich von zu Hause lösen, fliehe nicht mehr vor der Liebe und die Angst vor den Auftritten wird sich legen."

36

Céline und Adrian blieben noch drei Tage in Lissabon, liefen aber nicht, um möglichst viel zu sehen, durch die Stadt, sondern saßen vor ihrem Café am Tejo oder verbrachten die Zeit im Hotel. Es kam nicht auf dieses „Das muss man unbedingt gesehen haben!" an. Viel schöner war es, in Gelassenheit die Atmosphäre der ‚Cidade da musica' zu erspüren.

Am siebten November mieteten sie am Flughafen einen Wagen und fuhren südlich in das Innere Portugals. Sie kamen auf ihrem Weg zur Algarve durch die Landschaft des Alentejo mit den Korkeichenhainen, den sanften Hügeln, weiten Ebenen und den weißen Dörfern.

Évora, eine kleine Universitätsstadt, erreichten sie am Nachmittag. Sie nahmen sich ein Zimmer im Hotel ‚Aurora', bummelten durch die Gassen und Arkaden des Städtchens, kamen zum Giralda-Platz, sahen die Kathedrale, steuerten darauf zu, aber dann fesselte ihre Aufmerksamkeit eine Kapelle, die der Kathedrale angegliedert war. Es war die ‚Capela dos Ossos'. Über dem Eingang stand: „Estamos esperando por você."

Céline übersetzte. „Wir warten auf euch."

Sie gingen hinein in den dämmrigen Raum. An allen Wänden waren Knochen und Schädel zu einem makabren Mosaik eingelassen. Es erschreckte sie nicht.

„Ob wir uns noch einmal begegnen?" fragte Adrian.

„Hier nicht mehr."

„Wo denn dann?"

„Weißt du doch. Das habe ich dir erzählt, als ich bei meinem ersten Besuch den Eros beschrieben habe."

„Ja, ich weiß. Und wenn es misslingt?"

„Ja dann, dann müssten wir noch einmal kommen."

*

Rüdiger Schneider lebt als Autor in Bad Breisig am Mittelrhein. Veröffentlichung von Romanen und Erzählungen. Publikationen zum Jakobsweg und auch anderen Pilgerwegen u.a. ‚Via Hildegardis‘. 1996 Förderpreis zum Literaturpreis Ruhrgebiet. 2000 erschien im Leipziger Militzke-Verlag mit ‚Pandoras Schatten‘ sein erster Krimi.

Website: www.ruediger-schneider.net

Rüdiger Schneider

**Herzflimmern
oder**

music is life

Novelle

‚Herzflimmern oder ‚music is life', 56 S., ISBN 9783752898453

Nach einer Herz-OP bricht Maximilian Wagenfeld die Reha in Bad Ems ab und entscheidet sich stattdessen für eine Musiktherapie. Er kommt in die Klangwiege und verliebt sich in seine Therapeutin. Eine rasante Geschichte beginnt.

"Herzschleifen – Vier Erzählungen, 240 S., ISBN
9783752894851

Thema der Erzählungen: Das Herz und die Liebe.
Was auch sonst!?